のんびりVRMMO記 5

ALPHA LIGHT

まぐろ猫@恢猫
Maguroneko@kaine

アルファライト文庫

主な登場人物
Main Characters

ミィ（飯田美紗）

双子の幼馴染。13歳。
外見に反し、戦闘大好きの
ハードゲーマー。

ツグミ（九重鶫）

本編の主人公。25歳。
双子の妹達の親代わりで、
ゲーム世界では生産職に。

小桜＆小麦

にゃんこ太刀に宿る
猫又のペット。
小桜（白）と小麦（黒）で
一心同体。

ヒバリ（九重雲雀）

双子の姉。13歳。
活発な性格で、
幽霊以外は怖いものなし。

ルリ（榊瑠璃）

双子の同級生。13歳。
薙刀が得意で、
ゲーム世界でも攻撃専門。

シノ（榊信乃）

ルリの親戚で保護者役。22歳。
やる気を一切見せない
物ぐさ系男子。

リグ

可愛らしい蜘蛛の
魔物。ツグミの
フードの中が定位置。

ヒタキ（九重鶲）

双子の妹。13歳。
あまり感情を表に
出さないが、
実は悪戯っ子。

メイ

二足歩行の羊の魔物。
身の丈より大きな
ハンマーが武器。

少し忙しいながらもいつも通りの朝。

中学校に行く双子の妹達、雲雀と鶲を玄関で見送ってから、俺——九重鶫はゆっくりと出かける用意を始めた。

電車に乗ってホームセンターへ行き、適当な大きさの布を購入するためだ。

次の日曜日に、俺達は近所の神社が主催するフリーマーケットに参加するんだが、その時、机に敷いて見栄えを良くするのに使おうと思う。

実を言うとあそこのフリーマーケット、俺も小学生や中学生の時に、何度か両親と参加したことがあるんだ。

妹達が生まれてからは、なにかとドタバタして不参加だったけれど。

で、経験者は語るという訳ではないが、こういった布は絶対役に立つからな。

ホームセンターでの用事を済ませた後、スーパーで特売品を買いあさったり、帰り道で知り合いと話したり、神社に寄ってフリーマーケットに参加する準備をアレコレしたりしていたら、あっという間に妹達が帰ってくる時間になった。

「たっだいま~つぐ兄ぃ。お腹空いたなぁ」

「ただいま、つぐ兄。部活の走り込み、疲れた」


妹達は手を洗ってから、元気良く扉を開けてリビングに入ってきた。

元気いっぱいの雲雀は俺のことを「つぐ兄ぃ」と呼ぶ。そしてやや感情の薄い口調の鶲は、「つぐ兄」と語尾を伸ばさない。

陸上部という、俺なら体力的についていくのが無理であろう部活をやっている妹達は、本当によく食べる。

たくさん動いているからだと思うが、食べ盛りの男の子と変わらないんじゃないか？

俺は冷蔵庫から、可愛らしい箱に入ったシュークリームを取り出しつつ答えた。


「あぁ、おかえり。夢結堂のシュークリーム買ってきたぞ」

「うわっ、オシャンティなシュークリーム！」

「出かけた？　……あ、つぐ兄ありがとう」


箱を見た雲雀が驚きながら中を覗き込む。

鶲は少し首を傾げていたけど、すぐに俺が今日何をしていたかを察したようで、微笑みながら礼を言った。

「どういたしまして」

ちなみに「夢結堂」というのは、最近、若い女性に人気のお菓子屋さんである。

俺は今日、それを実感させられた。

知り合いに評判を聞いて行ったんだけど、男の俺がホイホイ店内に入ったら肩身がとても狭かった。

まぁ俺が勝手にそう思っただけかもしれないけど。

シュークリームで小腹を満たすと、各々がやらなきゃいけないことに手をつける。

俺だったら夕飯の仕上げ。妹達だったら宿題……だな。

夕飯の準備を終えて風呂掃除をしていると、リビングから雲雀の叫び声が聞こえてきた。

慌てて戻ってきたら、ただの宿題が終わった歓声だった。

なんともまぁ……紛らわしいにもほどがある。

夕食を食べて風呂に入り、寝る準備もある程度してから、お待ちかねのゲーム時間。

用意周到という言葉がぴったりに感じるほど、妹達の準備は速かった。

まぁ2人が楽しみにしているだけでなく、俺自身も楽しみになってきているし、ゲームをやることに異存はないぞ。

雲雀だって毎回唸りながらも、宿題はしっかり終わらせてるからね。


「はい、ログイ～ン！」


鶲に手渡されたヘッドセットを被り、雲雀の元気な声を聞きながら、俺はVRMMO【REAL&MAKE】のログインボタンを押した。

いつも通り意識が沈む感覚に襲われ、抗うことなくそれに身を委ねる。

昔はログイン時に事故が起きて、社会問題にもなったらしい。でも現代ではVRMMOで事故が起こるなんてあり得ないのだそうだ。

技術の進歩はすごいよな。

◆　◆　◆

ふっと、いつもの意識が浮き上がる感覚。

目を開けると温泉の街コウセイの噴水広場だった。

もう見慣れた光景である。

今日はゲーム内の筑波山に行くための前哨戦、みたいな予定だったよな。

このＲ＆Ｍの世界は日本の地形に対応している。

一応ヒタキにゲーム内での地名も教えてもらってるんだが、現実での呼び方のほうが覚えやすいし分かりやすい。なのでついそちらを使ってしまうのは許してほしい。

話を戻すと、俺達は今、現実世界で言うと茨城県の神栖市あたりにいる。

筑波山に向かうため、まずは霞ヶ浦――ゲーム名はミスティレイクの畔にある潮来を目指すことになった。

潮来――このゲームではチョウライという村に泊まっている、大型客船愛好家ギルドが製作した大型遊覧船が目的だ。

遊覧船は筑波山の近くにも停泊するので、これを利用しない手はないらしい。

遊覧目的なのか移動手段なのか、結構雑な運航のようだな。心配しても仕方ないけど。

金額は１人当たり２５００Ｍと良心的で、ペットのリグ達の分はなんと無料だった。

さて、ログインした俺がまずやらなきゃいけないのは、そのリグ達を喚び出すこと。

俺がウインドウを開いていると、ヒバリとヒタキがなにやら相談をしていた。

「んん、コウセイから２～３時間歩けば、チョウライに着くかな。途中に敵が多かったらもっとかかるけど～」

「チョウライ、村というより集落。安全地帯あるかもしれない。けどギルドはないかも」

「だよねぇ～。あぁでも、どこのギルドで報告しても完了するから、クエストはやっとこうか」

「ん」


現実世界だったら、家から筑波山まで車で2時間なのにな。

そして、街や村にギルドがあるのは当たり前だと思っていたんだが、住人の数が少ない場合はギルドもないみたいだ。ちょっとシビア。


「じゃあ、ギルドで討伐依頼を受けてから出発で大丈夫だな？」


さっそく飛びついてきたリグ達をあやしつつ、俺は妹達に聞いた。

頷かれたので、噴水広場からギルドへ向かう。

これまで何度か使ったことのある街から街への馬車が、チョウライまで出ていればよかったんだけど、集客の見込めない場所には行き来がないのだそう。

ゲームでも世知辛さがあふれてるな。まるで一昔前の日本みたいだ。

「よぉし、チョウライに向けて出発だ～！」

買い忘れた物はないか入念に確認し終わると、ヒバリが片手を突き上げて叫んだ。

呼応するように、リグ達も気合いの雄叫びを上げる。

(`・w・´)
「シュシュ～！」

(`・ェ・)
「めめっめ～、め！」

(*>ω<)(>ω<*)
「にゃんにゃん」

今日はいい天気なので、コウセイの近くからでも筑波山が見えた。

運悪く雨で見えなかったとしても、とにかく北西方向に歩いていけばチョウライにたどり着くはず。

それに舗装されていないとはいえ商人の使う街道もあるので、そうそう迷子になることはなさそうだった。

向かってくる魔物は倒してお金となってもらいつつ、のんびりと景色を楽しむ。

途中、馬止めがある広めの土地を見つけたので、そこで休息を取って再び出発。

ゲームの設定上肉体の疲労がないので、適当に飲み食いしながら歩き続けても大丈夫なんだけど、気分的にやっぱり休息は取りたいよな。

◆◆◆

魔物との戦闘を何度か繰り返し、歩くこと2時間と少し。

村と表現するにはいささか小さなチョウライに到着した。

奥にはひときわ目を惹くものがデンッと存在している。大型客船愛好家ギルドの遊覧船が、湖に陣取っているのだ。


「うわぁ、すっごいねぇ〜」


ポカンと口を開けて感想を口にするヒバリと、全力で同意という風に何度も頷くヒタキ。

俺やリグ達も呆然と突っ立っていたので、双子のことをからかったりはできない。

さすがにこんなに大きいとは思わなかった。

ただずっとここにいても仕方がないので、遊覧船を食い入るように見つめるヒバリとヒタキを促し、集落に入っていく。

魔物対策らしき太い柵に囲まれた集落は、ごくごく一般的なものに思えた。

木造の家屋が並び、家畜が放牧され……視界の端にちらつく船さえ無視すれば、どこにでもありそうな風景だ。

ギルドらしい建物はなかったが、集落の中央には、俺達も会ったことのある女神様――エミエールを模した石像が建っていた。

教会で見た美しい女神像には及ばないが、魔物除けの効果と、周囲を安全地帯にする効果はちゃんとあるらしい。

俺達は遊覧船に乗せてもらうため、ぶらぶらしながら大型客船愛好家ギルドのメンバーを探すことにした。

まぁ遊覧船の近くに行けば会えるんだろうけど、集落の探索もしたいからゆっくりとね。

◆　◆　◆

広い集落ではないのであっという間に探索も終わり、遊覧船へ向かうことに。

船に近づくにつれ、徐々にプレイヤーの姿が見え始めた。

乗客っぽい人も少しばかりいた。

客の数が思ったより少なくて心配になってしまったけれど、ゲームならどうとでもなるか……と思い直す。

　遊覧船を視界に入れながら歩いていると、ギルドの人であろうチャラそうな外見の青年が話しかけてきた。

「ちわっす。お兄さん達は乗船したい系っすか？　乗船したい系ならここで大丈夫っすよ。案内しますんで、俺の話ちょっと聞いて欲しいっす」

「え、あぁ……」

「歩きながら説明するっす。こっちっすよ〜」

　青年の言葉遣いに俺は呆けた表情を晒してしまったが、すぐに調子を取り戻して頷いた。

　こういうタイプの人とあまり接した記憶がないから、どう対応をすればいいのか戸惑ってしまったけど、普通に接すればいいよな。

　そこで聞かされた諸注意は……。

　船が動き出したら走り回らないこと。

　景色を見るのはいいけど、船縁から身を乗り出さないこと。

　人魚やセイレーンに遊ぼうと誘われても、魔物なので受け容れないこと。

　……などなど。

俺とヒタキが思わずヒバリのほうを見たのはご愛敬だ。

さて、３人分の金額を払った俺達はさっそく船に乗り込んだ。

遊覧船に相応しく展望デッキは広々としていて、視界を遮られることなく景色を堪能できた。

展望デッキから船内へ戻る扉も綺麗な彫刻で飾られていて、大型客船愛好家ギルドの船への愛が感じ取れること感じ取れること……。

船内に戻った俺とヒタキは、休憩スペースにある木製のベンチに腰掛けた。

ヒバリやリグ達は船に興味津々で、ギルドの人達に許可をもらってから、さらに探検しに行ったよ。

許可されて喜ぶヒバリ達を、ギルドの人は微笑ましそうに見ていた。

トラブルはないと信じたい。

窓からの日差しが暖かく、しばらくベンチでのほほんとしていたら、不意にヒタキが自身の指を折り出した。

「朝の7時、お昼の12時、夕方の5時。3回行ったり来たり。忘れないようにしないと」

ああ、確かに。

ちょっと眉根を寄せて考え込むヒタキの頭に手を置きつつ、俺は同感だと頷く。

「そうだな。油断していると、そういうところが疎かになりそうだ」

「ん、行き当たりばったりも楽しい。けど約束してる。約束、守れなかったら悲しい」

双子達は同級生と、日本の地理でいう水戸方面にある王都で待ち合わせをしているのだ。

今日はリアルの木曜日で、日曜までに王都に行けばいい。なので、ゲーム時間としてはかなり余裕があると思う。

けど寄り道をし過ぎたり迷子になったりしたら、間に合わないかもしれない。

気をつけないと変な場所で変なドジをしそうだからな、俺。

そんなこんなでベンチで時間を潰していると、船が出航する時間になったのか、慌ただしい雰囲気になってきた。

俺とヒタキはギルドの人達の邪魔をしないよう展望デッキに向かい、出航するところを見ようと船の周囲を見渡す。

ちょうど探検から帰ってきたヒバリ達もいたので合流し、誰もいないデッキの特等席に陣取らせてもらった。つまり、船の先端部分だな。

霞ヶ浦は湖なので、ベタベタする潮風ではなく心地よい風が流れてくる。

気候も穏やかだし、冒険するのに適してるよな。

最初はゆっくり進んでいた遊覧船も、徐々にスピードを増していく。

この湖の大きさなら、船旅は１～２時間になりそうだ。

手すりを握り、サイドテールを思い切り風になびかせたヒバリが、楽しそうに表情を輝かせてヒタキに話しかける。


「ふぁ～、きっもちいいねぇ～！」

「ん、船に乗るのは久々。とてもいい気持ち」

「お父さんが休み取れるなら、今度の家族旅行は船でも良いかもね。じゃなくても水辺とか！」


サイドテールを押さえつつ、ヒタキは頬を紅色に染めて繰り返し首肯した。

リグは俺の頭の上に乗って真ん丸おめめをキラキラ輝かせているし、メイはピョンピョンと甲板を飛び跳ねている。

小桜と小麦は船のスピードに驚いたのか、尻尾を膨らませていた。

「む、順調ならログアウトまでにコウセイに戻れるはず。でも、運が悪いとダメかも。神様に祈っておいて」

ヒタキがまたも楽しそうな表情を一変させ眉をひそめたので、俺は彼女の頭に手を乗せてやる。

「遊んでるとマズいかもしれないけど、そこまで急ぐ旅でも……うぉっ、あれは」

その時不意に、遠目にも存在感のハンパない、巨大な女神像が目に入った。
あれが牛久大仏のゲーム版と言われている石像か。
話には聞いてたけど、実際に見るとその大きさは想像を超えている。
俺の声に反応したヒバリも楽しそうに親指を突き出した。

「んん～？　うわ、あれはさすがにすごいね！」

観光地になっていそうだなと思いつつ、俺は視線を巡らせて、船が水をかき分けて生じるキラキラした波を見つめた。

心が洗われるというか、とても穏やかな気持ちになるというか……このまま何事も起こらず、筑波山まで行けるといいな。

あ、見たことのない綺麗なヒレを持った魚が跳ねたぞ。

陽気な気候をのんびり堪能していると、筑波山であろう山の姿がどんどんくっきりとしてきた。

今さらだけどあれで良いんだよな？　他に山っぽい山はないし。


「あ、見えてきた見えてきた～！」


整備された船着き場が見えると、遊覧船のスピードがゆっくりになって、乗客が荷物の確認など下船準備を始めた。

船を降りる際には、出航は時間厳守、時間になったら待たずに出てしまう、この船の推進力は大型の魔石を使っている……といったことを教えてもらった。

ちゃんとお礼を言ってから、ギルドの人達に別れを告げる。

登るペースにもよるけど山で一泊するだろうから、彼らと次に会うのは明日だな。

◆　◆　◆

俺達は船着き場から離れ、あまり整備されていない街道を歩き出した。

ここにも馬車の通った轍が強めに残っているので、山を見て進めば大丈夫だ。

雑草が生い茂っているが、ヒタキ先生のスキル【気配探知】にかかればたいした障害でもなかった。

どうしても避けられない魔物だけ倒しながら、ついに山の麓にたどり着く。

幼馴染の飯田美紗ちゃん――ミィがいると魔物と戦いたがるから、少し波乱があったに違いない。けれど俺は基本慎重派なので、どうしてもそれらを避けてしまう。

まぁ安全が一番。

日差しを遮るため両目の上に手をかざしゆっくり見上げると、山は予想より大きくなかった。


「そこまで高い山じゃないんだな」

「ん、初心者向けらしい。でも現実と違って魔物がいるから、気をつけて登ろう」

「現実の筑波山って、ガマの油売りが有名だよ～。だからか分かんないけど、カエルの魔物が多いみたい。私、カエルは平気なんだ〜ゲロゲロ」

ヒタキは俺の言葉に小さく頷き、ヒバリはなぜか小ネタを話し出す。確かにガマの油売りの口上は聞いたことあるな。小さいころに。

そんなこんなで、俺達はなだらかな斜面を歩き始めた。

少し雲が出ているけどほぼ快晴と言って良い、快適な登山日和だった。

加えて、ヒタキのスキルがあれば魔物に気をつけなくても良い。

とても恵まれていると思えたが、やはり全てが順調にはいかなかった。

どうやらさっき話に出たカエルの魔物のなかには、探知スキルに引っかからない個体がいたらしい。


「むきー！」


突然ヒバリが大きな叫び声を上げた。

岩場の陰から粘液塗れの大きなカエルが飛び出してきて、ヒバリの顔をペロンと舐め、逃げていったのだ。

【気配探知】が効かなかったからか、ヒタキもしょんぼりしている。

登り出してまだ数分しか経っていない。もしかしたらこの山には、探知できない魔物が数多くいるのかも……。

怒ったり落ち込んだりしていたヒバリとヒタキだったが、一念発起したかのように拳を握り締めて語り合う。


「うぎぎ……この屈辱は倒して晴らすべし！」

「ん、べしべし！」


元気になるのは良いけれど、気合いを入れすぎて怪我をしないよう、気をつけて欲しいところだ。

さて、まだまだ目的地は遠いので、気を取り直して登って行こうと思う。

R&Mを始めたばかりのころに俺がもらった割り札。それを何かと交換してくれる店は山の中腹にあるらしい。

攻略掲示板には山頂と書いてあったと数日前に聞いたけど、どうやら間違った情報だったようだ。

ある程度は道が出来ていても、最後まで楽に歩ける訳ではない。

どうしても迂回しないといけない場所もあり、小さめの山ながら苦戦しそうな予感がした。

やる気と言うより「殺る気」に満ちあふれている双子を先頭に、俺達は進む。

ちなみにリグは俺の頭に乗っているから問題ない。

小桜と小麦は、３センチの道幅があればどんな悪路でも進めるスキル【キャットウォーク】があるので、スイスイ歩いていた。

メイはと言うと、身長やら歩幅の関係で危ないから、俺が片腕で抱き上げているよ。

最初はがんばって歩いていたんだけど、見ているこちらがハラハラするので、最終的にこの態勢で落ち着いた。メイ自身も嫌ではない様子。

最初こそなだらかだったとはいえ、デコボコした場所、大きな岩がゴロゴロ転がっている場所、木や草が生い茂っている場所、カエルの魔物が大量発生している水溜まりなどがあるからな。


「マジ⁉　ぜ、全然進んでなくない⁉」

たいした距離も歩いていないのに、ぬらりとした粘液を全身にまとった、紫色の毒々しいカエルがまたまた現れる。
そして瘤のように大きく肥大化した舌先を、ヒバリの持つ盾に叩きつけた。
ヒバリはそれを苦もなく簡単に弾き、お返しとばかりに舌を半ばから斬り飛ばす。

（｀・ω・´）
「シュ！　シュシュシュ～！」

斬り飛ばされた舌がこちらへ飛んできたので、リグが糸を出してキャッチ。それを受け取った俺はインベントリに入れた。
んで、リグの頭を撫でる。

「お、ありがとうリグ」

【コドクガエルの舌（一部）】
コドクは「孤独」ではなく「蠱毒」。カエル自体に毒はないので、珍味として楽しむこともできる。とある地方では日常的に食べるらしい。

「ん、最後。消し炭待ったなし。【ファイヤ】」

　ヒタキが片手を上げてスキルを詠唱する。

　するとヒバリは盾でカエルの顔面を思い切り殴りつけ、素早く距離を取った。

　次の瞬間、コドクガエルはヒタキの魔法スキルで大炎上。ＨＰゲージが削り切れると光の粒となって消えていく。

　見た目的に毒を持っていそうな魔物だったので、危険を避けるべく、小桜と小麦は俺の隣で見学していた。

　だけど毒はなかったみたいだし、次からは参戦しても良さそうだな。

　カエル一匹に過剰戦力だと言われるかもだけど、死んだら目も当てられないから、最初から全力投球でいこう。

　ヒタキが【気配探知】を発動させ、周りに魔物がいないことを慎重に確認してから歩き出した。

　一戦を終え、かいてもいない汗を拭う仕草をしながらヒバリが口を開く。

「ちょっと魔物の数が多いね～。さっさと登って、お店かその近くで一泊するのが良いかもしれないなぁ」

「ん、安全に早く登るのは大事だから、そんな感じで。中腹まではそこまで危ない魔物いないし、きっと大丈夫。山頂付近はワイバーン出るみたいだけど」

ヒタキは太もものナイフホルダーに短剣をしまいつつ、眉根を寄せた。

俺達が目指しているのは中腹だし大丈夫か。

そのワイバーンってドラゴンだろ？

そんなのに出会ったら脇目も振らず逃げるしかない。なのでさっさと足を動かそう。

何度も魔物と戦って、良さそうな場所を見つけては小休止を取り、ひたすら山を登っていくこと数時間。

日も傾いたころ、ようやく目的地である木札交換屋が見つかった。

比較的小さめの山だと、俺達は舐めてしまっていた。魔物がいるだけでこんなに時間がかかるなんてな。

外観は日本の避暑地で見かけるログハウスとなんら変わりなく、『木札交換します』という看板がなかったら、個人の住宅と見誤りそうだ。

こんな魔物の出る山の中腹に自宅を建てる一般人なんていないだろうけど。

窓から中を覗こうとヒバリはピョンピョン飛び跳ねていたが、無理だったらしい。

ムッと頬を膨らませ、扉を思い切り叩き声を張り上げた。


「こ～ん～に～ち～は～っ！」


ヒバリが言い終えると同時に、少々震えた声で入室を促す返事が聞こえた。

これは多分、笑いを堪えてる感じかな。

男性とも女性とも取れる、中性的で不思議な声音だった。

店内に入ると、壁一面が取っ手の付いた引き出しのある棚だらけになっていた。

俺達は圧倒され、それをぽかんと眺めてしまう。

そこに声の主がやって来た。

『ようこそ、お客人。半分の割り札をお持ちかな？』

柔らかそうな水色の長髪、海のごとく鮮やかな青色の瞳。

ゆったりしたローブを着ているのでパッと見では分からなかったが、椅子から立ち上がると男性だと判明した。

目測で身長が１８０センチを超えていて俺より大きい。

頭上に目をやってアイコンを確認すると、ＮＰＣ(ノンプレイヤーキャラクター)を示す緑色だった。

「え？　あ、はい。持っています」

青年の言葉に動揺(どうよう)しつつも、俺はインベントリから割り札を取り出した。

割り札を受け取って少し考える素振(そぶ)りを見せた青年は、淀(よど)みない足取りでひとつの棚の前に立つ。

そして引き出しを開け、同じく半分に割れた木札を手にした。

『うん、これが片割れだね。とても面白(おもしろ)い場所に入ることができる通行証で、なかなか発行されないから入手しにくいんだよ……はい』

左右の手に持った札を合わせると、元からそうだったようにピタリと1枚になった。

【世界樹の通行証】
世界に根を張(は)る世界樹の木片(もくへん)で作られた通行証。世界樹の上にある『聖域(せいいき)』と呼ばれる都市に入ることができる。売買譲渡(じょうと)不可。

説明を読んだ俺が目を見張って青年に顔を向けると、とても楽しそうな表情をしている。

なんとなくだが、この青年はただならぬ存在なのではないだろうか。

相変わらず楽しそうにクスクス笑っている彼に、俺はこの近くでキャンプしても良いかと尋ねる。

すると青年は何かを呟いた。

同時に、壁一面にあった引き出し棚が一瞬で姿を消してしまう。

棚が全て取り払われると本当に殺風景な部屋になった。

『ここに泊まるといい。オレは必要な時以外、留守にしているからね。朝になったら自由に出ていって大丈夫。ただしこんな場所だから、防犯なんてあってないようなものだよ』

「はぁ……」

唐突な話に思わず俺は気の抜けた返事をしてしまった。しかし部屋を提供してくれるのはとてもありがたいので、お礼を言って頭を下げる。

「あ、ありがとうござい……ん？」

顔を上げると、すでに青年は消えていた。

「ふぁっ、消えたよ!?　ドロロンじゃん！」

「……魔法陣？　彼は空間転移の魔法使い？」

ヒバリが驚いたように叫び、ヒタキは冷静に分析する。

と、とりあえず、今日は屋根のある部屋で寝られることをありがたく思おう。

ログハウス風の建物はしっかりとした造りをしているものの、什器は消えて何も残っていない。

でも最初は屋外で寝ることも考えていたから、色々と用意はしてあった。

俺はインベントリから厚手の布と毛布を何枚も取り出すと、布を床に重ねて敷き、毛布を被せた。

これで簡易ベッドの完成……だと思う。

欲を言えば、デコボコしている地面よりは良いんだけど、やっぱり硬い。

メイの実家でもらった羊毛は量が足りないので、今度どこかで探さなくては……。

あ、メイの毛を刈(か)ったりはしないよ、可哀想(かわいそう)だし。

最悪、端切(はぎ)れの布を詰(つ)めて布団にしてしまおう。

外が薄暗くなってきたので、ヒバリに光魔法【ライト】を使ってもらい、俺達は一息ついた。


「はふぅ、今日はもう休もうか？」


毛布にくるまりながらメイを抱きしめ、ヒバリが問いかけてきた。

とても魅力(みりょく)的な提案なんだけど、その前に。

ここは安全ではないのだから、やっぱり見張り番とか用意しなくちゃいけないよな？

まぁ俺がやっても良いんだけど。

そんなことを思いつつヒタキを見やると、彼女は親指を立てて、グッジョブポーズをしていた。

意味が分からず俺は首を捻(ひね)る。

「この建物の周囲、魔物は避けてるみたい。不思議生物の暮(く)らす場所は不思議、そう決まってる。自然の摂理(せつり)。だから、皆で一緒に寝よう」

一瞬呆けてしまったが、ヒタキの言いたいことは分かった。

俺自身も毛布を被って座る。

【気配探知】で探ったのなら確かだろうし、見張りがいらないのは楽だ。根拠はないけど、なんとなく大丈夫な気がするし。

簡易ベッドのサイズは大きく、俺達３人とペット４匹が横になってもまだ余裕があった。

俺を真ん中にして横になったから、川というより小の字に近い形となり、皆で一斉に「おやすみなさい」。

俺達が寝ている間、リグ達もちゃんと休んでいるのは分かるんだけど、不意に起きてしまった時とかはどうするんだろう？　また寝るんだろうか？

あとでこっそり聞いてみるのも良いかもしれないな。

「……朝になったな」
久々ではないけれど、一瞬で朝になる不思議な感覚に俺はぼんやりとしていた。

ログイン時の感覚には慣れた気もするが、こちらにはまだ慣れない。

ふと、腹の上あたりに重みを感じた。

起き上がろうとするも、両腕が持ち上がらない。

どうにか動かせた首を左右に振ってみると、俺の右腕をヒタキが、左腕をヒバリが抱きしめていた。

この分だとお腹の上にはメイがいるはずだ……とその前に、胸のところにリグまでいた。

小桜と小麦を探すと、頭の先で、2匹仲良く丸まって眠っている。

ここがパラダイスか。そんなことを考えてしまう俺。

いやいや、それより早く双子を起こして出発の準備をしないと。

下山は登りより速く進めるかもしれないけど、安全第一は変わらないからね。

とりあえず腕を揺らしつつ声をかけると、ヒタキはすぐに目を覚ましてくれた。次に眠りの浅いリグ、小桜と小麦が順番に起きていく。

俺が上半身を持ち上げたら、メイは眠そうにしながらもどいてくれた。

最後まで起きなかったのはヒバリで、俺はがしっとその鼻を摘む。

数秒後、ヒバリは「ふがっ」と言って飛び起きた。

これは現実でもゲームでも同じ反応だな。

「おはよう、ヒバリ。一番のお寝坊さんだな」

「お、お、お、おおおおはよう！」

ヒバリはドキドキしている様子で、胸を押さえながら言った。ところがすぐさま、嬉しそうにニヤニヤし始める。

毎回決まってこの表情なのだから、もしかしたら寝たふりなのかもな。小さい頃からの悪戯って言うか、まぁそんな感じだ。

「そこまで動いてないいし、満腹度や給水度のメーターも大丈夫。あと、ツグ兄のインベントリに毛布しまえば行ける」

「ん、了解～。さっさとしまって山を下りようか！」

双子から椀子そばのように次々と手渡される布や毛布をインベントリに放り込み、最後に忘れ物がないかを確認する。

あの青年は「自由に出ていって大丈夫」と言っていたから、鍵もかけなくていいんだよな……。

まだ日の出直後なので、今から下山すれば、よほどのことが起きない限りお昼の船便に間に合うだろう。

妹2人に視線を向けると、彼女達も準備が整ったようだ。

ログハウス風建物を後にした俺達は、ヒタキの【気配探知】に引っかからないコドクガエルの襲撃に注意しつつ、足早に進んだ。

行きはよいよい帰りはこわい、とならないよう気をつけないと。

「ん～、強い武器とかもらえたらよかったのにね。それに世界樹は遠いよ～。北海道じゃん！」

「世界樹は北海道でも北寄りらしい。でも、行くのは楽しみ。美味しい物いっぱいあるよ、多分きっと」

「うぎぎ、それはそうなんだけどさ～」

会話しながらも、ヒバリは盾を構え、ヒタキは周囲をしっかり警戒していた。

力を抜くところ抜くけれど、油断はしない。ちゃんと考えているらしい。

俺としては、妹の成長を見ることができて嬉しいような、もうしばらく手のかかる子供でいて欲しいような、複雑な気分になった。

まぁそれは置いておき、俺も安全に下山することに集中しよう。

頭の上にはリグがいるし、メイも抱いてるし、万が一にも転んだら洒落にならん。

俺達はしばらく黙々と足を動かした。


「……んん？　あ、あれって」


俺はふと、ちょこちょこ動く小さな影を上空に見つけた。

目を凝らすと、かなりの高度で翼をはためかせる生き物がいる。

「うわっワイバーンだ！　運が良いねっ！　ドラゴンはあんまり見れないって、掲示板に書いてあったんだ！　やった、皆に自慢できちゃうぞ～！」

「ははっ、そうだな」


自分でも良く見つけたな、と思いながらヒバリの言葉に笑う。

それからカエルを倒しつつ歩き続け、お昼前にようやく霞ヶ浦――ミスティレイクまで戻ってくることができた。

来た時よりさらに乗船客は少ないが、大型客船愛好家ギルドの皆さんが気にしている様子はない。

今回の案内人は、例のチャラそうな人じゃなかった。

遊覧船に乗り、とくに何かするわけでもなくのんびりしていると、無事チョウライに到着。

下船して改めて思ったが、この集落は大型船以外に特徴が何もない。

のどかとしか言いようがないので、目的を達成した俺達はさっさとコウセイへ戻ることにした。


「ふむ、たいした収穫がなかったかもなぁ」


もしかしたら良い物がもらえるかもしれない、と期待して一心不乱に山を登ったけど、どうだったんだろうな。

そんな心の声がついあふれてしまった。


「ん？　いや、少しあった」

「……え？　ど、どんな収穫が？」

「世界樹の上、聖域に行ける。なかなか行けないから、他の人達に一目置かれる。圧倒的優越感（ゆうえつかん）、ひたひた。ふんすふんす」

ヒタキは、こちらが思わず納得させられてしまうほどの、ドヤッとした表情である。ついでに、親指を上げた両手を突き出しているので、適当ではなく本気で言っているのだろう。

まぁそんな彼女の内心が分かるのは、俺達家族と美紗ちゃんくらいだと思うけど。

一方、なにが楽しいのか、ヒバリは少しばかり音程（おんてい）の外（はず）れた鼻歌を口ずさみながら、1人で先頭を歩いていく。

「ツグ兄ぃ～？　ひぃちゃん～？　行っちゃうよ～！」

俺達が遅（おく）れていることに気づくと、ヒバリは手をメガホン代わりにして大きな声を出した。

1人で行くことなんて絶対にしないくせに、とヒタキと笑い合って、俺は足早にヒバリを追った。

急がず焦らず、まったり温泉の街を目指す俺達。

俺はふと隣を歩くヒタキを見た。

すると視線に気づいたヒタキがこちらを向き、「どうしたの？」と小さく首を傾げる。

「たいしたことじゃないんだが、この後の予定は？　やることは終わったけど、まだ時間はあるだろ？」

「ん、行き当たりばったりだけど考えてる。漁村として栄えてるとこ、行ってみたいかなって」

「うん、いいんじゃないか？　行きたい場所は、その時の気分で変わるものさ」

俺の唐突な質問にもきちんと答えてくれたヒタキ。

思わず俺は彼女の頭を一撫でする。

意外にも登山が順調で、ゲーム時間で2日はかかると思ってたのに、1日で帰ってこれた。

まぁコウセイに着くのは、お昼くらいになっちゃうんだけどな。

ヒタキが言った漁村は、現実世界で鹿島港が位置する場所にあって、R＆Mの港としては大きいほうらしい。

せっかく漁村に行くなら、俺としては新鮮な魚介類を探したいところだな。

ふと視線を前に向けると、ヒバリとメイがピョンピョン飛び跳ねていた。

なんだあれ？

なぜそうしているのかさっぱり分からないけど、とにかく可愛いな。

……うん、まぁ放っておこう。家族という名の色眼鏡の影響かもしれないが、可愛いものは可愛いんだから仕方ないだろう？

そんなこんなでひたすら街道を行くと、やがて相変わらず木造建築群が見事なコウセイが見えてきた。

別に、火事になったら怖いとか思ってないよ。


街に入ると、まずはいつも通り噴水広場のベンチに座って作戦会議。

と言ってもほとんどヒバリとヒタキで話すので、俺の出る幕はないというか、俺が口を挟むことなんてあまりないんだけど。


「んん、このまま漁村行く？」

「ギルドは？　討伐報告しないと……って、王都のギルドで報告しても大丈夫だね～。じゃあ行っちゃおうっか！」

「ん」

悩みながらも答えを出したようで、双子が一斉に俺のほうを見た。

示し合わせたようなタイミングだったので、ぼんやりしていた俺は驚いて少し上擦った声を出してしまう。

「お、おう、行こうか」

とりあえず、そのあたりに突っ込まない妹達で助かった。

俺の返事を聞いたヒバリとヒタキは勢いよく立ち上がって、いきなり万歳を始めた。

……なぜだ?

恥ずかしいのですぐにやめさせ、持ち物を確認してから出発する。

昼食の時間が過ぎたこともあり、通りもそこまでの込み具合ではなかった。俺としては空いているのは幸いだ。

漁村から王都を目指すことになるので、しばらくここコウセイには戻ってこない。

◆ ◆ ◆

街に別れを告げ、俺達は舗装された道を歩いていく。

途中、真っ直ぐの道と右に曲がる道の岐路に差しかかった。

真っ直ぐなら王都方面で、右に進めば俺達の目指している漁村に着くそうな。

もちろん俺達は右を選び、さほど時間もかからないうちに目的の場所が見えてくる。


「うぅ～ん、やっぱり潮風の匂いってのもいいね！」

「ん、それに海の水平線。情緒にあふれる」


港は石で綺麗に整備され、漁師の命とも言われる漁船も立派なものが並んでいた。

大きめの港とはいってもファンタジーの世界観なので、現実世界の近代的な港に比べればお察しだけどな。

まぁ近くに全階級が揃った迷宮都市ダジィンがあり冒険者であふれ返っているので、そちらの整備、管理に力を割いているのだろう。

迷宮がなかったら、国の威信をかけて港を開発していたかもしれない。

「もうログアウトまであんまり時間がないから、たいして遊べないな。残念だけど」

「あはは、それは承知の上だよ～！」

俺の少し意地悪な言葉にも、元気な返事をするヒバリの頭を撫で、俺達は漁村の中に入る。

港は石造りでしっかりしているんだが、漁師の住む家や店は木造で、そのコントラストがちょっと面白かった。

俺は思わずキョロキョロ視線をさまよわせてしまう。

そんな俺の横で、双子はこれからどうするか相談していた。


「んん～、まずはお魚買う？」

「ん、良いかも。残った時間で遊ぶもよし」

「よし、そうと決まれば……すみませ～ん！」


グッと拳を握り締めたヒバリが、近くを歩く人に話しかけた。近くで美味しい魚を売っている店はどこか、と尋ねているようだ。

うん。勝手に推測して歩きまわるより、現地の人に聞いたほうが早いよな。

何人かに話を聞いたうえで、総合的に判断して決めた店に突撃する。

お昼過ぎなのに大量の魚が店先に並べられており、小桜と小麦がそれらを凝視していた。

肉以外はダメかも……と思っていたが、魚もいけるらしい。

俺も覗いてみると、年中温暖な地域だからか、季節感ゼロな魚のオンパレードだった。

シロギス、カレイ、メゴチ、メジナ、メバル、ヒラメ、アジ、ワカシといった聞きなれたものから、ピニー、魚人、シーサーペント、リヴァイアサン……という怪しいものまで。


【ピニー】

白身魚として重宝されており、現地では好まれている。見た目は普通の魚と変わらないが、口にギザギザした歯がビッシリ生えているので取り扱いに注意。

【魚人】

魚に人間の足が生えた、奇っ怪な姿の魔物。人魚の雄という説もある。

【シーサーペント】

大海蛇。一匹で大型船を海に引きずり込む。臓物ごと干物にして、酒の肴にすると美味。

【リヴァイアサン】

海の生態系の頂点に君臨する。生態はほとんど謎に包まれているが、唐揚げにすると美味。


怪しい魚をキラキラした目で見つめる双子の横で、俺は普通の魚を選んでいく。

「新鮮だから刺身（さしみ）でも良いし、煮付（につ）けにするのも良さそうだし。洋風の……うーん悩むな」

「ツグ兄、全部してもいいのよ」


ヒタキが俺の呟きを聞きつけて言った。

さすがにそれは難（むずか）しいので、聞こえなかった振りをしておこう。


買い物を終えて、ホクホクした表情で店を出た俺だったが、次にどこへ行けばいいのかは分からない。

で、ヒタキのほうを見た。

ヒバリにさっきそうしたら、残念ながら首を傾げられたからな。

行き交う人々の邪魔にならないよう、道の隅（すみ）っこでまたも話し合うヒバリとヒタキ。


「あとは、港を見学する？」

「ひぃちゃん、漁師さんの邪魔にならないかなぁ？」

「賑（にぎ）わっているのは一角。端（はし）っこなら邪魔にならない。暇（ひま）な釣（つ）り人くらいしかいない」

「おぉ、なら大丈夫だね！」

仲良く話す姿を横目に見ながら、俺は抱っこをせがんできたメイや、小桜と小麦をまとめて抱き上げてモフモフを堪能していた。

レベルと同じくＳＴＲ（力）も若干上がっているので、問題なく抱き上げられたぞ。

決めれば早いのが我が家族の良いところなので、さっそく移動開始。

港は、忙しそうな人々はいるけれども、うろついても大丈夫そうな雰囲気だった。

話していたとおり端っこまで歩き、釣り人の邪魔にもならないよう、適当な石段に腰かける。

穏やかな潮風が鼻孔をくすぐり、石造りの岸壁にチャプチャプと波が打ち寄せていた。

そんな風情のある音に耳を傾けながら、俺は膝に乗せたメイの、柔らかな体毛に包まれた頭を撫でた。

「もっと強くなったら、海に繰り出すのも良いかもしれないね～。港も良いけど、沖で見る夕日とかすごく綺麗だと思うんだ！」

「ん、それも良い」

ヒバリとヒタキの言葉に思わず苦笑して、俺も口を挟む。

「そうだな。でも今は、陸（おか）を旅するので手一杯だ」

「まぁね～陸地だって広いもん。その分、楽しいことがいっぱいだから良いんだけど！」

ヒバリが答えると、ヒタキも勢いよくこちらを向き、力強く何度も首を縦（たて）に振っていた。

ゆったり過ごしているとあっという間に時間が過ぎ、あたりが暗くなってきた。

港にはかがり火を置くこともしないようだ。完全に暗くなると困るので、その前に引き揚（あ）げることにした。

噴水のない広場に戻ると、適当な順番でベンチに腰かける。

「もう終わる時間かぁ～。早いよね」

「ん、でもやり残しはない。だから、ログアウトしても大丈夫。次回は仲良し兄妹のぶらり旅」

ヒバリとヒタキはのんびりとした表情を浮かべていた。

俺はリグ達に声をかけ、ステータス画面を開いて休息を取ってもらう。

「じゃあ、また頼むな。ゆっくりお休み」

(＊・w・)b

「シュシュ～！」

確かにヒバリの言った通り、楽しい時間は早く過ぎてしまうものだ。ただし節度は大事なので、のめり込まないように気をつけよう。

あ、最後にステータスだけ確認しておくか。

REAL&MAKE
リアル アンド メイク

【プレイヤー名】
ツグミ
【メイン職業／サブ】
錬金士Lv 42／テイマーLv 42
【HP】844
【MP】1658
【STR】153
【VIT】151
【DEX】253
【AGI】146
【INT】274
【WIS】255
【LUK】212
【スキル10／10】
錬金31／調合32／合成37／料理83／
テイム97／服飾34／戦わず43／
MPアップ56／VITアップ23／AGIアップ20
【控えスキル】
シンクロ（テ）／視覚共有（テ）／魔力譲渡／
神の加護（1）／ステ上昇／固有技・賢者の指先
【装備】
にゃんこ太刀／フード付ゴシック調コート／
冒険者の服（上下）／テイマーブーツ／
女王の飾り毛マフラー
【テイム3／3】
リグLv 66／メイLv 65／小桜・小麦Lv 34
【クエスト達成数】
F33／E10／D2
【ダンジョン攻略】
★★☆☆☆

REAL&MAKE
リアル アンド メイク

REAL&MAKE
リアル アンド メイク

【プレイヤー名】
ヒバリ
【メイン職業／サブ】
見習い天使Lv47／ファイターLv47
【HP】2019
【MP】1140
【STR】290
【VIT】378
【DEX】238
【AGI】240
【INT】258
【WIS】228
【LUK】270
【スキル10／10】
剣術97／盾術Ⅱ5／光魔法71／
HPアップ83／VITアップ91／挑発87／
STRアップ55／水魔法9／MPアップ35／
INTアップ30
【控えスキル】
カウンター／シンクロ／ステータス変換／
重量増加／神の加護（1）／ステ上昇／
固有技リトル・サンクチュアリ
【装備】
鉄の剣／アイアンバックラー／
レースとフリルの着物ドレス／アイアンシューズ／
見習い天使の羽／レースとフリルのリボン

REAL&MAKE
リアル アンド メイク

REAL&MAKE
リアル アンド メイク

【プレイヤー名】
ヒタキ
【メイン職業／サブ】
見習い悪魔Lv43／シーフLv42
【HP】1109
【MP】1117
【STR】215
【VIT】187
【DEX】356
【AGI】303
【INT】231
【WIS】223
【LUK】237
【スキル10／10】
短剣術81／気配探知47／闇魔法61／
DEXアップ80／回避(かいひ)85／火魔法15／
MPアップ27／AGIアップ29／
罠探知(わなたんち)48／罠解除(わなかいじょ)29
【控えスキル】
身軽／鎧通(よろいどお)し／シンクロ／神の加護（1）／
木登り上達／ステ上昇／
固有技リトル・バンケット／忍(しの)び歩き26／投擲(とうてき)39
【装備】
鉄の短剣／スローイングナイフx3／
レースとフリルの着物ドレス／鉄板が仕込まれた
レザーシューズ／見習い悪魔の羽／始まりの指輪(ゆびわ)／
レースとフリルのリボン

REAL&MAKE
リアル アンド メイク

ログアウトする前にもう一度、夕暮れに差し掛かった港に目を向ける。

魔物が出る夜にも漁があるのか、周囲を明るく照らす漁船が出港していくのが見えた。

その船を見送り、俺はログアウトのボタンをポチッと押す。

◆◆◆

ふっと意識が浮上する感覚。

俺は目を開くと、被っているヘッドセットをスポッと脱ぎ、テーブルの上に置いた。

雲雀も鶲も、俺と同じくヘッドセットを脱いでテーブルの上へ。

すると片づけを始めた雲雀が唐突に切り出す。

「うう～ん、色々用意しないとだから、忙しいね！」

「ん？」

俺が首を捻ると、鶲が欠伸をしながらはふはふ教えてくれた。

「ふぁ、脈絡（みゃくらく）ないよ、雲雀ちゃん。つぐ兄、私達の同級生のアレコレ、フリマのアレコふぇ……用意とかひないと、ってこと」

「んん？　な、なるほど？」


とりあえずフリーマーケットなんかの準備をしなきゃ、ってことで良いんだよな？

クルクルッと電源コードを巻き、３人分のヘッドセットを紙袋に入れると、俺はそれをリビングの片隅（かたすみ）に置いた。

保護者である俺がいないと、15歳以下の双子はR&Mにログインできない。

それを知っていても、なんとなく物陰（ものかげ）に置いちゃう。

まぁ仕方ないったら仕方ない。


「そう言えば、待ち合わせしてる同級生についてはまだ教えてくれないのか？」

ソファーから立ち上がった妹達に、ふと思い浮かんだ疑問をぶつけてみた。

「もちろん！　でもめっちゃ可愛い子だから！　すごく！　可愛い子だから！　小さくて可愛いんだよ！」

名前くらい教えてくれてもいいんじゃないかと思うけど……まぁ楽しそうだから良いか。

「薙な、んごっ」

「は？」


鶲が何やらマズイことを言いかけたらしく、雲雀が慌てて口を塞いでいた。

とりあえず、小さくて可愛い子だということしか分からなかった。とある特殊な嗜好の人には、それだけで垂涎の情報なんだろうけど……。

2人がごり押しにも似た勢いでオススメするんだ。悪い子ではないだろう。きっと。


呼び止めてしまったことを軽く謝り、リビングから寝室へ出ていく彼女達を見送った。

残された俺は、2人が置いていったパソコンの電源を入れる。

久しぶりにR&Mの情報でも仕入れようかな、って思ってね。

新しい場所に行くし、新しい仲間も増えたし。

「そうだなぁ……まずは猫又について調べてみるか。色々と気になるし」

鶲先生が言うには、小桜や小麦は、にゃんこ太刀に宿る付喪神みたいなものなんだとか。

メイについて調べる時にもお世話になった、魔物の一覧がズラッと並んでいる攻略サイトを開き、検索窓に『猫又』と入力した。

猫又のテイムは難しいと言われているが、なんだかんだでテイムした人が多いのか、項目がそこそこ埋まっている。

【猫又】

一説によると、年老いた猫が人外の力を持った物の怪。

人と暮らしていた猫と野生の猫とでは凶暴性が違い、一般的に猫又と呼ばれるのは前者。後者は化け猫。

猫又は普通の猫とあまり変化がなく、見分け方はひと回り大きな身体と二股に分かれた尻尾。

「――って、これじゃ普通の情報サイトみたいだな」

やっぱり分からないことが多いんだな、と思いながら、カチカチとマウスを動かした。

・猫なので夜目が利き、人の通れない狭い道も進める。
・防御力は普通の猫と変わらず、どちらかと言えば盗賊や魔法使いのように扱ったほうがいい。

これくらいの書き込みしかなかった。

俺から出せる新しい情報もないので、猫又についてはいったん置いておくか。

続いて、次の目的地について調べ……あれ、目的地の名前って教えてもらったっけ？

俺はピタリと動きを止め、少し考えてから肩を落とした。

言ってたのかもしれないけど、思い出せない。

「仕方ない。あとは公式のお知らせを読んで寝るか……」

なんだか嫌な予感がする（とくに掲示板）攻略サイトを閉じ、Ｒ＆Ｍの公式サイトを開く。

すると以前はなかった壮大なＢＧＭが流れ、城下町のトップ画像が表示された。

俺は驚いて、少し目を見開いてしまう。

稀に覗くだけなので詳細は分からないが、このサイトはどんどん進化していくのだろうか？


さっそく公式サイトのお知らせにマウスカーソルを合わせて、カチッと。

雲雀や鶲からすでに教えてもらったことも多く、目新しいものはあまり……カプセル型のダイブ装置の開発中？　アダルト修正パッチ？

まぁ普通にR&Mを楽しむ俺達には関係のない内容だな。全くもって。


「もう良いか。さぁ、寝よう」


たいした情報を得ることもできず、俺はややガックリしてパソコンの電源を落とした。

戸締まりを確認し、自室に戻ってベッドにイン。

寝付きはいいほうなので、俺は目を閉じて10分もすれば寝てしまう。

【あぁ～こころが】LATORI【ロリロリするんじゃぁ～】part5

（主）＝ギルマス
（副）＝サブマス
（同）＝同盟ギルド

1:プルプルンゼンゼンマン（主）
↓見守る会から転載↓
【ここは元気っ子な見習い天使ちゃんと大人しい見習い悪魔ちゃん、生産職で女顔のお兄さんを温かく見守るスレ。となります】
前スレ埋まったから立ててみた。前スレは検索で。
やって良いこと『思いの丈を叫ぶ・雑談・全力で愛でる・陰から見守る』
やって悪いこと『本人特定・過度に接触・騒ぐ・ハラスメント行為・タカリ』
紳士諸君、合言葉はハラスメント一発アウト、だ！
・
・
・
408:黄泉の申し子
>>399それは水に浸けるとサラサラになるぞ！　もしくはＭＰを吸わせるとサラサラになるぞ！　がんば！

書き込む　全 部　<前100　次100>　最新50

R&M攻略掲示板

409:ましゅ麿

久々に会った友達が、値切りのスキルレベル無駄に上がってたんだけど。なんなんだアレ……？

410:コンパス

温泉って言うと、秘境にある温泉に入るとバフがつくってのを思い出す。秘境温泉はランダムなんだけど、けっこう真面目に良いバフがついたはず。

411:sora豆

>>405それな。

412:かるぴ酢

さぁて今日のロリっ娘ちゃん達は……。あ？　んんん？　どこ行くんだろ？

413:つだち

>>408あんがと！　ためしてみる！

414:白桃

イベントないと平和だなぁ……。

415:焼きそば

王都行って腕試しすっかなぁwww

416:ナズナ

うぼぁ（わしの鳴き声

417:氷結娘

>>412おれがあっぷはじめました。

418:ヨモギ餅（同）

そういや、ペガサス乗ったプレイヤー見かけた。
めっちゃロイヤル感あふれてた。むしろ神々しかった。
女の子いっぱい集まってたしイケメン爆発して！

419:かなみん（副）

>>409値切りのスキルが高いのは、ＮＰＣとの好感度が高い証拠だよ。きっと良い子だから友人大事にしてあげて。

420:iyokan

>>412詳細カモン！

書き込む　全部　<前100　次100>　最新50

421:餃子

正直、ロリっ娘ちゃん達とお兄さん、テイムモンスターにここまでハマるとは思わなかった。
過去の自分よ、ここの沼は底なしだぞ！　気をつけよ！

422:プルプルンゼンゼンマン（主）

王都の闘技場と言えばＨＰと防御力で無双できるわけもなく、タイムアップするしかなかったプレイヤーは俺です。

423:棒々鶏（副）

>>418神々しいwwwとかwww
まじパネェwwwやべぇwww
とりあえずイケメンは爆破コースよろしくwww

424:わだつみ

ここの板はいつも平和で好き。
どことは言わないけど、言わないけど某検証板はめっちゃギスギスしてる。ひとつしか検証板はないけれども……！

425:かるぴ酢

>>420ロリっ娘ちゃん達、温泉街から出てチョウライへＧＯ。確か大きなお船あったし、乗りに行くのかね？

書き込む　全部　<前100　次100>　最新50

426:黒うさ

>>414あったらあったで阿鼻叫喚の地獄絵図が目に浮かぶようだ……。あ、ギルド戦は全裸待機してる。

427:NINJA（副）

どう足掻いてもイケメンは爆破コースを免れんのだ。ナムサン。

428:もけけぴろぴろ

山、カエル……うっ、頭が……！

429:夢野かなで

のっぺりした顔が嫌いなんだよなぁ。なに考えてるか分からんというか、まぁ、倒せないことはないけど……。

430:こずみっくZ

>>427なむさん！

・

・

・

453:魔法少女♂

>>447つまり山にはカエルの魔物がわんさかいるから、ロリっ娘ちゃん達がヌトヌトのベトベトにされるってことだね！

書き込む　全部　<前100　次100>　最新50

454:神鳴り（同）

俺が行った時はウン百年生きてそうなバアさんだったが……。そうか、行く人によって店員が代わるシステムか。

455:密林三昧

>>450鼻血出て悶え死にそうなんですけどぉぉぉぉっ！（分かる）

456:NINJA（副）

あまり身を隠す場所がないゆえ、スニーキングミッション達成が難しいかもしれないでござる。そして、一番の敵は察知系能力でござるよ！

457:フラジール（同）

自分の時は、店員さんが可愛いロリ巨乳だった。あぁ今思い返せば、わしがロリコンへの道を歩むことになる出来事だったやもしれんのぅ……。元々だけど。

458:甘党

>>453運営さんこいつです。

459:さろんぱ巣

北上して行っているから、このままなら確実に王都だよなぁ。王都

は人が多いから俺達の活動もはかどるかも。

460:空から餡子

>>453自分も一瞬そんなこと考えてしまったwww　運営さん俺ですwww

461:ナズナ

>>453クッソwwwwww

462:kanan（同）

邪な気を感じますな！！！！！！！

かく言う自分も激しく同意だよ！！！！

463:餃子

>>458知ってた。

464:ましゅ麿

現実ではお家からすら出たくないのに！　出たくないのに！　お山登っちゃうのぉぉぉぉっ！　ロリっ娘ちゃん達いるって知ったら行かずにはいられないのぉぉぉっ！　そこにロリっ娘ちゃんがいるから！　山！　登らずにはいられないっ！

書き込む　全部　<前100　次100>　最新50

465:つだち

そういや、エーチで図書館の秘密クエストが発見されたらしいな。
口やかましいアーティファクトらしい。
あと３人組の冒険者を探してるとか？　古代の遺物、遺産？　とか
ロマンの塊でしかない。

466:中井

Ｒ＆ＭのＣＭ初めて見た。壮大だった。あと、空に飛んでたデカい
ドラゴン、あれ、ヤバくない？　いや、まじヤバい。

467:こけこっこ（同）

>>457せやな。

468:ちゅーりっぷ

>>457なにを今更ｗｗｗ

469:プルプルンゼンゼンマン（主）

よし、なけなしの知り合いに呼ばれたからレイドボス行ってくる！
あとギルドを布教してくる！　ギルマスだからな！

470:かなみん（同）

>>457存じ上げておりますｗｗｗ

書き込む　全部　<前100　次100>　最新50

471:白桃

>>466それな！！！！！！！！！！！！

実装されてるかすら分からんが、しないものをＣＭに流す運営じゃないからいつか見れるかも？　めっちゃ楽しみ。

・

・

・

501:iyokan

あー、潮風が心地いいぜ！　視界にそれはそれは可愛らしいロリっ娘ちゃん達が見えるからかもしれんな！　ふはははは！

502:魔法少女♂

>>494可愛いだろぅ～☆（濁声）

503:のあ（同）

板の人格と本人は一致しない。これだけは確かなことなんだねｗｗｗｗｗｗ

504:もけけぴろぴろ

>>494ロリっ娘ちゃん達の顔面偏差値がカンストしてるだけで、うちらギルドも顔面偏差値高いと思うんだけど？　女性陣と話すのまだ緊張するし……。

書き込む　全 部　<前100　次100>　最新50

ただし魔法少女♂、お前は除外だ！！！

505:夢野かなで

>>496良くある良くあるドンマイw

506:かなみん（副）

なんか、ギルド加入者が増えたような気がする。調査するの大変。
どっかの体力馬鹿がメインタンクとして国境レイドやったからかなぁー？　んー？？？

507:氷結娘

>>501目の保養は大事だ！　現実ですり減った心が回復するからな！！！！

508:さろんぱ巣

リヴァイアサンが売ってる。唐揚げに、とかヤバイよこの地域www
リヴァイアサン仕留められる漁師って、もうお前が勇者でいいよってフラグじゃん！
この世界に魔王いるか分かんないけどwww

509:sora豆

王都行くだろうし、きっと闘技場も行くだろう……。どうにかして

書き込む　全部　<前100　次100>　最新50

双眼鏡を格安で手に入れねばならない……！

510:甘党

>>502（外見は）完璧美少女なんだから、そんなことしちゃダメwww

511:つだち

うぅ～ん、今日はもうなにもしないみたいだね。まったりおしゃべりしてるの見てたらほっこりする。あぁ、癒される。

512:ちゅーりっぷ

初めてトイレに行け、って警告来た！　ゲームする前に行ったはずなんだけど、膀胱さんには勝てなかったよwww
漏らしたくないから落ちます！！！

513:フラジール（同）

ほっこりにほっこりする会、会長です。独特ののんびりした空気が好き。

514:プルプルンゼンゼンマン（主）

>>506てへぺろ☆(・ω<)★
もう無理だって思ったけど、倒しちゃったからなぁ。あ、バグでも

書き込む　全部　<前100　次100>　最新50

チートでもないからそれは安心してほしい！

515:コンパス

ロリっ娘ちゃん達がログアウトしたら、自分も一旦落ちるぞ～。

516:棒々鶏（副）

>>509オペラグラスみたいなので良かったら王都で売ってるよ。
ちょっと高いかもしれないけど、双眼鏡よりは随分安いってさ。

まぁ結局のところ財布状況にもよる、かな。うん。よる。

517:こずみっくZ

リヴァイアサン美味しい……！

書き込む　全部　<前100　次100>　最新50

各々好き勝手に発言しているようだが、それでもきちんと掲示板は進んでいく。

◆　◆　◆

翌朝。

いつもの時間に起床した俺は軽く伸びをして、窓から見える雲ひとつない空に向けて気合いを入れる。

聞き分けの良い姉妹とは言っても、双子ははしゃぎたいお年頃だから毎日が戦争気味だよ。

女の子でコレなのだから、男の子が数人いる家庭の奥様は大変だろうな……と、謎の同情をしてしまった。


「つぐ兄ぃ、おっはよ～！」

「おはよう雲雀。なんだ、今日は洗面所とトイレで大渋滞しなかったみたいだな。いつもみたいに」

「ふはは、今日は鶲ちゃんと行く順番が反対だったからね」

「なるほど」

俺は軽く頷き、そして思い出したように朝食の準備を終わらせた。

2人と一緒にいただきますをして、朝食を食べながら、頭の中で今日の予定を組み立てる。

まぁいつも通りなんだが、ちゃんと組み立てないとサボってしまいそうになるからな。

朝食を食べ終わった雲雀と鶲が、バタバタと玄関から出て行くのを見送ると、俺はひと息つくことなく後片づけ。

んでゴミを集めたり、洗濯物(せんたくもの)をやっつけたり、夕飯の下拵(したごしら)えをしたり、優雅(ゆうが)なティータイムを過ごしたり。

最後だけは事実と異なるんだけど、勢いで言ってみた。俺のお茶目(ちゃめ)心が騒いだだけだ。

「そうだ、フリーマーケットの段取りを再確認しておかないと……忘れ物とかしたら格好つかないし」

思い出した俺は、寿司店の名前が大きく描(えが)かれた湯飲(ゆの)みを一気に呷(あお)る。

万が一、忘れ物をしたとしても双子は許してくれるだろうし、家と神社——フリーマーケットの会場は近いので、往復(おうふく)できないこともない。

だが、兄としての威厳が下がってしまう気がする！

「雲雀の作った編みぐるみ、ＰＯＰ用紙、箱、布、あとは……うん、こんなものか」

思春期か何かで嫌われるまでは、妹達にとって格好良い兄でいたい。

そんな、ちょっと格好悪いことを考えながら、俺はフリーマーケットの準備を済ませた。

これできっと完璧だけど、しっかり者の鶲にコソッと再確認してもらおう。

ほら、確認は１人より２人でやったほうがいいって言うし。

◆　◆　◆

「たーだいまぁー、おっなかすーいたーっ！」

「ただいま、つぐ兄」

考え事をしていたら、妹達の帰宅時間に気づけなかった。

きっと明日の俺は大丈夫……って、明日は土曜日で学校も部活もない。

部活は大会前になると休みがあまりないけれど、今はちょうど中間の時期だからな。

とりあえず「おかえり」と返し、手を洗うよう促して、俺は1人リビングへ向かった。

お腹が空いた、と言われても外はまだ明るい。

このタイミングで夕飯を食べたら、絶対夜中にお腹を空かすだろうし、軽く摘めるものといっても、残念なことにお菓子は用意していない。

パカッと良い音をさせて冷蔵庫を開くと、俺の目に飛び込んできたのは瑞々しい赤色のトマトだった。

……これ、かじらせておくか？


「いや、さすがにそれは……」


うん、可哀想だよな。

甘酸っぱく美味しいと分かってはいるけれど、俺は真面目な表情でトマトを冷蔵庫の中に戻した。

雲雀と鶺がリビングに入ってきたので、包み隠さず状況を説明したら、あっさり我慢することを了承してくれた。

彼女達がお風呂に入っている間に食事の用意を始めて、出てくる頃の完成を見計らえばいい……か。

まぁごはんを大盛りにしてくれたら嬉しいと言っていたので、２合くらい炊きあがりの量を増やしておこう。

諸々あったが夕食を食べ終え、宿題の漢字の書き取りを終わらせてから、今晩もいつも通りのゲームタイムへ。

◆　◆　◆

意識が浮上して目を開くと、前回とは違う香りが俺の鼻腔に広がった。

コウセイではかすかに硫黄の香りがしていたが、ここは漁村なので潮の香りがする。

軽く伸びをしている２人の横で、忘れないうちにリグ達を喚ぶ。

今日は可能なら王都に行ってしまう予定なので、道中、ペット達にはすごく頼ってしまうかもしれないな。

ヽ(・w・)ノ

「シュシュ～ッ」

リグは俺にすり寄ったかと思うと、さっさとフードの中に入ってしまった。

テイムした頃からいつもこうだ。何かあったら一番に飛び出して来るけど。

メイ、小桜と小麦の頭を軽く撫でてから、待っていてくれた双子に話しかける。

「待たせたな。さて、王都に行く準備をしないとな。なにが必要だ？」

準備、準備とうるさく思うかもしれない。

でもお兄さん的には、やりすぎなくらいがちょうどいいと思うぞ。俺も何回かやらかした過去があるから。

ほろ苦い思い出を噛みしめつつ尋ねると、２人は同じタイミングで顎に人差し指を添えた。

「んん〜、そうだなぁ〜」

「……ん、えっと」

料理は昨日のうちにたくさん作ったし、ＨＰポーションやＭＰポーションなどの消耗品も、自作できるので購入する必要がない。

雑貨も昨日買い込んだので十分だ。あれ？

「…………」

３人とも同じ考えにたどり着いてしまったらしく、周囲の空気が数秒固まった気がした。

悲しい考えにそっと蓋をして、俺が情けなさに満ちあふれた声を出して漁村の出口を指差す。

「……じゃあ、行くか」

「……う、うん」

「しゅ、出発進行だよぉ～」

ちゃんと合わせてくれる無表情のヒタキと、乾いた笑みを浮かべるヒバリ。

王都までは馬車も出ているらしいけど、ヒバリとヒタキが選んだのは徒歩でした。

ちなみに王都までの行き方は、馬車が行き来して出来た轍をひたすらたどればいい。これならある程度の方向音痴も迷わない……かも？

それにゲーム時間の２～３日で行ける距離らしいので、現実時間で考えると今日中に着けると思う。

王都までの道は途中途中に小さな宿があったり、休息小屋みたいなものがあるとのこと。

俺は2人からそんなことを聞きつつ、興味本位で周囲を見回す。

轍の跡の周辺は人のテリトリーだと認識されているのか、遠目に魔物が見えるだけで平和だ。

ゴブリンや野犬など、頭の悪い魔物でない限り寄ってこないだろう。

R&Mのサービスが開始した直後は、スライムよりゴブリンのほうが頭が悪いとか、どっちもどっちだとか、議論があったみたいだよ。

魔物との戦闘もなくしばらく歩いていると、少し開けた場所に、休憩小屋というにはお粗末な木造の建物が見えてきた。

「ん、第一休憩ポイント。ただのバス停」

「うう〜ん。確かに言われてみれば、バス停に見えなくもないかも……ツグ兄ぃは？」

「そうだなぁ、細目で見ればなんとか……」

「む、別に適当だから、真面目に受け取らないで」

雨風を最低限防げればいいという感じで、ぱっと見はただの四角い箱。しかも作りかけの。

建築をかじったことのある人なら卒倒しそうな造りだけど、あるだけマシだよな。

ヒタキは小桜や小麦と一緒に、あたりに魔物が潜んでいないか警戒し、ヒバリはメイと一緒に興味津々で休憩小屋を見て回る。

リグは寝ているから、俺は1人ウインドウを開き、スターテス画面とにらめっこ。できる時にできることをやっておくに越したことはないだろう。

些細なことかもしれないが、このあと休憩が取れなくなるかもしれない。

そう思った俺は手で軽くメガホンを作り、少し遠くに行ってしまった妹達に向かって大声を出す。

「まだそんなに疲れていないけど、減ってしまったゲージ分は飲食しよう。この先なにがあるか分からないし」

「うん！　備えあれば憂いなし、って言うもんね～」

まず反応したのが予想外にヒバリだったので、ちょっぴり笑ってしまう。

そんなこんなでインベントリから色々と食べ物を取り出し、休憩小屋の机に広げて小休憩を取ったのだった。

いつものことだけど、食事の準備が終わったらすぐにリグが起きてきたよ。

◆　◆　◆

満腹度のゲージも給水度のゲージもたいして減ってなかったから、軽食タイムはすぐ終わった。

あたりに魔物が潜んでいないかヒタキに探ってもらいつつ、また俺達は歩き出した。

リアルの明日は土曜日だから、ある程度ゲームをする時間は確保できる。

スピードアップして、今日のうちに王都まで行ってしまうのもいいけれど、急ぎすぎて危険な目に遭うのはマズイよな。

……急ぎつつ周りに気をつければいいのか？　って、これじゃなにも考えていないことになるな。

まぁ安全第一で行こうか。


街道をゆったり歩いていると、王都へと続く道なだけあって魔物が出てくることもなく、代わりに何台もの馬車とすれ違った。

俺達を乗せようと申し出てくれた優しい馬車もあったが、丁重にお断りして、少し道から離れたところを歩いていく。

　ヒバリとヒタキがお互いの顔を引っ付けて話し合う。

「野宿はしたことないけど何事も体験かな……いや、ぎりぎり行けそうな場所に宿があるハズだし、今日の目標はそこかなぁ？」

「ん、それでいいと思う。時間見ながらがんばる」

　耳を傾けてみると、そんなことを話していて俺は小さく笑う。彼女達が楽しんで自分で考えられるのなら、俺の出番はなくて良いよ。

　道中に薬草やハーブ類のたくさん生えた採取場所があったので、寄ってもらって皆で楽しく草むしり。

「……うわ、ヤバい」

　採取がすごく楽しかったのはいいのだけれど、大幅に時間を消費してしまった。

　どれくらいヤバイかというと、もはや社畜と化している親父が、笑顔で仕事を辞めてくるくらいヤバイ。

いつも元気ハツラツなヒバリの目が死んでいるくらいヤバイ、のほうが分かりやすいかも。

口では「野宿もありかも」と言ってはいるが、できるなら遠慮したいのは俺も同じだった。

時間的に宿屋へ着くことは敵わなくても、せめて見張りのしやすい場所を確保しないと野宿もできない。

明らかに暗くなってきた空を見上げながら足を速めようとしていると、いきなり両腕をガシッと掴まれ、動きを止めてしまった。

「お？　……お、おぉ!?」

もちろん俺の腕を掴んだのは妹達。

俺の困惑の声なんて知るかと言わんばかりに、手を握り直して、さすが双子と称賛したくなるくらい同じ挙動で勢いよく走り出した。

突然のことなのにメイ、小桜、小麦が慌てる様子もなく駆け出したので、俺だけが引っ張られるという事態に。

双子の気持ちを察するに、走れば宿まで行けるかもしれない……いや、全力疾走したら多分大丈夫。でも非常に不本意ながら、俺は普通の人よりちょっぴり遅い。

だったら2人で手を引いて走ればいい、という結論に達したらしかった。

小桜や小麦は想像通り速いというか、ヒバリとヒタキより普通に速い。

メイも、武器さえなければ意外と速かった。

俺にできることと言えば、無様に転ばないよう、なけなしの運動神経を振り絞るだけ。

暗くなり、周囲にいるのが昼間の魔物から夜の魔物へと変化していくのを実感しつつ、小学校以来かもしれない全力疾走を続けた俺。

そのがんばりに見合う成果は得られたのか、って言われたら……一応得られたよ。

◆
◆
◆

俺達が一生懸命走ってたどり着いたのは、こぢんまりとした宿屋。

小さな宿屋に似つかわしくなく、丸太で出来た頑丈な柵が周囲をグルッと囲っている。

間違いなく魔物の侵入を防ぐためだろう。

そして今まさに、分厚い開閉式になっている柵の扉が閉じられようとしていた。

『ははは っ。こんなに急いで滑り込んでくる冒険者は、なかなか見られんな』

俺達が間に合って良かった……と胸をなで下ろすより先に、この宿屋を運営しているＮＰＣの主人に大笑いされてしまった。

『はは、すまんすまん。改めてようこそ、名もない宿屋へ』


ひとしきり笑うと主人は普段の表情を取り戻し、宿屋の中にあるカウンターに移動した。

あたりを見回しながら俺達もそれについていく。

小さな宿屋だが、機能的には他の宿と変わらないように思えた。

一階が酒場のような食事処で、二階が宿泊する場所になっている。

宿泊料金が少し割高かもしれないけど、街から街への道中に、安全な場所で寝起きできるのは大きいよな。


『お泊まりかな、冒険者達よ』


問いかけてきた主人に頷いて、一晩の宿泊を申し出る。

主人の肩越しに見える壁には、コルクみたいな素材のボードがあった。

そこにはたくさんの鉄鍵がかかっていて、ファンタジーだなぁと感心してしまう。

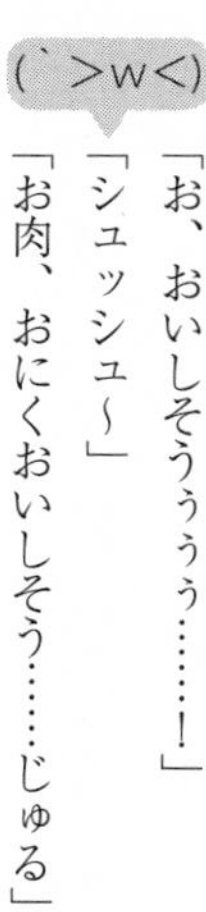

「お、おいしそうぅぅぅ……！」

「シュッシュ～」

「お肉、おにくおいしそう……じゅる」

料金を払い主人から鍵を受け取っていると、後ろからそんな声が聞こえてきた。

思わず酒場に目を向けると、熱々の厚切りステーキ肉に、何かのソースがかけられる場面を目撃してしまう。

熱された鉄板の上にソースがかかり、激しく音を立てて、匂いが周囲に拡散されていく。

以前にも説明したと思うけど、Ｒ＆Ｍの世界では、ＮＰＣが作った料理はたいして美味しくないように設定されている。

これは、現実世界で食事を摂取しなくなる健康被害を防ぐためだ。

しかし……この匂いは食欲を誘う。

「ううむ、あとで行ってみるか……」

ゲームなので鳴るはずのない腹にそっと手を当てながら、部屋に行くため階段を上り、小さく呟いた。

宿泊部屋にはみっちりと寝台が並んでおり、ほぼ歩くスペースがない。

これが小さい宿屋の知恵か……と謎の納得をして、とりあえずベッドに座った。

足を下ろすにも苦労しそうな通路だが、意外にベッドは大きいので大柄な人も大丈夫……かもしれない。

ノリの良いヒバリ達は、俺が階下に食事へ行こうと誘うと、ノリノリで「イエーイ」と同意した。

本当に元気が良いな、俺の妹達。

なにも置いていないから気にしなくてもいいんだろうけど、部屋の施錠を確認し、まだまだいい匂いが漂ってくる1階の食事処へ。


「お肉頼もう、お肉お肉！」

「ヒバリちゃん落ち着いて、どーどー」

「うっ、馬じゃないよ！　ぶーぶー」

美味しそうな匂いに興奮したヒバリだったが、冷静なヒタキになだめられ、落ち着きを取り戻したようだ。

そんなやり取りを横目で見つつ、店員に促されるまま空いている席に座った。

数少ないメニューの中からヒバリご所望の肉厚ステーキを頼めば、あとは待つだけだ。

泊まっているお客の数が少ないので、さほど時間を置かず、料理が出てきた。


「ふぁ～、肉厚で、これぞお肉って感じ！」


ヒバリが涎を垂らしそうになっていて可哀想なので、さっそく両手を合わせ、皆で「いただきます」。

ヒバリが熱々のステーキにソースをかけると、途端に良い香りが広がる。

リグ達もざわついているので、早く食べさせてあげないと。

ＮＰＣの料理だからどうなのかな、と思っていたけど、これは美味しい。なんて表現すればいいのか分からないけど。

しっかり食べて満足したのか、大人しくなったリグ達を放置して俺も料理に舌鼓を打つ。

「ん？　あ、料理ギルドの指南受けてる」

不意にヒタキが、料理を指差しドヤッとした顔を俺に向けてきた。

確かにスターテス画面を開いて料理の説明文を確認すると、『監修・料理ギルド』となっていた。

推測するに、プレイヤーがＮＰＣを少しでも手助けすれば、こうやって料理の味が改善するのだろう。

大事なことかもしれないので覚えておこう。

出てきた料理もあらかた食べ終えた俺達は部屋に戻り、いつも通りの瞬間睡眠へ。

で、あっという間に太陽がサンサンと輝く朝になった。

結構早めに起きたつもりだけど、宿屋の主人には勝てる訳もなく……軽い朝食を食べてから元気に出発した。

◆　◆　◆

「泊まったのがここ、だから現在地はここ」

「む～、ならここことここを過ぎればすぐ？」

「ん、そのはず」

のどかな道すがら、ウインドウを開いた妹達が思案している。

身も蓋もない言い方をすると、ＧＰＳが使えれば簡単に解決してくれる問題なんだけどな。

半分ぼんやりしているメイの手を握り、反対側に小桜と小麦がいる俺は、ヒバリが近づいてきたことに気づき、顔をそちらへ向けた。

「ツグ兄ぃ、次はこの小屋まで行くよ。良い感じに行けなかったら、今度こそ野宿になっちゃうけど」

「分かった。でもまぁ、無茶しないようにしよう」

ウインドウ画面を開いたまま近づいてきたヒバリが俺に見せたのは、このあたりの詳細な地図だった。

それによると、今は先日泊まった宿屋と目的地の小屋の中間地点にいるようだ。

指を差しながら簡単に説明してくれたヒバリは、最後に気の抜けたような笑みを浮かべ、俺の言葉に大きく頷いてヒタキの元へ帰って行った。

少しすると、前方を歩いていた妹達が不意に武器を抜き、俺の足にじゃれつきながら進んでいた小桜と小麦も、さっと身構える。

「……お出ましか。のどかだとしても、魔物がいないわけじゃないからなぁ」

街道から少々離れたせいか、俺達が良い獲物だと判断されたのか、魔物が姿を見せた。
今は目の前の敵を倒すことに専念しよう。
近寄ってきたのは、醜い、汚い、臭いと三拍子揃ったゴブリンが５匹。
もう見慣れてしまったな。

「これくらいなら、私１人でも大丈夫！」

徐々に近づいてくるゴブリンを見つめながら、ヒバリが軽口を叩いたのでヒタキがたしなめる。

「ん、倒すの楽になった。けど、慢心はダメ絶対」
「うぐっ、き、気をつけます」

確かに慣れたけど、敵が突拍子もない行動を取る可能性もあるから、万が一に備えるのは良いことだと思う。

ゴブリンと一触即発の距離まで来ると、俺のフードで寝ていたリグもさすがに起きて、頭の上に乗った。

もう戦い方のパターンも覚えてしまったので戦闘中のことは端折るけど、一言で説明するならすごく楽だった。

多彩な攻撃手段や補助手段を持つようになった俺達のPTは、器用貧乏っぽいところはあるけれど、そこそこ戦えるようになってきた。

まぁこんなこと言ったら、「調子に乗るな」とか「甘い」とか言われてしまうかもしれないけど。

今の戦闘を嗅ぎつけて近づいてきた魔物があたりにいないことを確認してから、武器を収めて歩き出す。

遊んだり寄り道をしなかったので、今日は時間に余裕を持って宿屋にたどり着くことが出来た。

今回も同じように、部屋を取って食事をして寝るだけだ。

◆　◆　◆

「よっし、予定通りなら今日のうちに王都に着くよ。でも万が一のことがあれば、明日になるかもしれない」

「ん、強行軍はあまりしたくない。一昨日のことは若気の至り、目をつぶって欲しい」

起き抜けに思い切り伸びをしたヒバリが今日の計画について話し、ヒタキがほんの少し微笑みながら付け足すようにしゃべった。

「大丈夫、分かってるよ。あ、今から朝飯食べるんだろう？」

「わーい！」

２人に笑いかけながら何度か頷き、下の階を指差して問いかけると、喜びを全身で表現してヒバリが万歳をした。

「ん？　んんん？」

一緒になって、声もなくリグ達が喜んでいたので、俺は思わず変な声を出してしまう。

てか、いつの間に起きたんだ。

今日の宿屋の朝食は、バターをたっぷり使用したロールパン。

宿の敷地内で飼育されている、コッコから収穫したばかりの卵を使ったプレーンオムレツ。

オムレツの隣には、焼き目がついたソーセージが2本。

そして具のないコンソメスープのようなもの、とシンプルながら美味しいメニューだった。

ちなみに昨晩の夕食も、全くと言っていいほど同じものだったがな。


「おぉ、良い天気だ」


宿から出て空を見上げてみると、それはそれは見事な快晴で思わず声に出てしまった。

このまま何事もなく楽しい旅が続けば、今日中に王都へたどり着くらしい。

せっかくだから、そうなるよう快晴に祈っておくか。

準備も万端だし、元気もいっぱい有り余っているし、さっそく俺達は目的地に向け歩き出した。

いつものように少し街道から離れたところをしばらく歩いていると、何度も魔物と遭遇して戦闘になった。

ヒタキの【気配探知】スキルがあると言っても、避けるように進めば時間も食うし、他の魔物に発見される確率が上がってしまう。

奇襲されないだけありがたいんだが、やはりこの付近は魔物の密度が高いような気がする。

何度か連続して戦闘をこなすと、ヒバリがしかめっ面で呟いた。

「んん〜、さすがに魔物の数が多いね〜。今日は街道沿いを歩いたほうがいいかな。足止めされたくないし」

「ん、そのほうが無難。王都、早く見てみたい」

ヒタキがヒバリの意見に賛成し、俺達は逸れていた街道に近づいていく。

そう言えば王都に近いからなのか、今までとは違う魔物も見ることができたぞ。

プルプルしていない防御力の高いストーンスライム、普通の個体よりひと回り以上大きく少し賢くなったホブゴブリン、狼が二足歩行になっただけのワーウルフなど。

次第に人の行き交いも増えてきて、ヒバリとヒタキがソワソワし始めている。

「あっ、見えた！　見えたよ、うわぁ〜っ！」

「‼　見えた。お城、すごく素敵」

　木々が邪魔でまだ見えないと思っていたけど、少し先を歩いている妹達の目には王都が見えたようで、途端に騒ぎ出す。

　早く早くと急かされるままに、彼女達が見ていた場所から覗き込むと、木々の隙間から分厚い城壁に守られた王都を望むことができた。

「おぉ、これはこれは……」

　円形状に造られた分厚く広い城壁。

　その城壁に守られるようにして石造りの民家がたくさんあり、これまでの街と同じく大通りには噴水広場があるような……？

　ちょっと遠いから多分だけど。

　そしてまだ距離があると言うのに、圧倒的な存在感を放つ、某夢の国を思い出させる立派な城も見えた。もうこれ、俺の語彙力じゃ表現しきれないな。

　とりあえず、食い入るように眺めている2人に声をかけて先を急ぐ。

見ているだけじゃたどり着かないので、足早に街道を進む。

大きな城壁がはっきり見えてきたころには、頻繁に行き交う人々のおかげで魔物が近寄って来ることはなくなった。

「門番はいるけど、知恵の街エーチみたいに検問所はないんだな。まぁ、この人数をチェックするのは無理か」

人波に流されるように進み、城壁同様立派な城門をくぐると、さらにたくさんの人々がいた。

リグは俺のフードの中にいるからいいとして、ヒバリとヒタキとはもちろん、メイ達ともはぐれないように気をつけないと。

浮かれた気分からシャキッとし直し、全員が近くにいることを確認。

城壁の中の街並みはいつも通りの見慣れた光景なんだが、ひときわ目立つ石造りの大きな建物があった。

これがミィご所望の闘技場だろうか、と1人で納得しておく。

でも、やはりシンボルはお城だろうか？

俺達は人混みの多さに危機感を覚え、一息つける場所に移動することにした。

噴水広場に行ってみるも、見通しが甘かったようで、ベンチの空きが全くと言っていいほどない。

ポカンと間抜け面を晒していても仕方ないので、近くにあった作業場の個室を借りることにした。

そう言えば忘れてたけど、王都の名前も聞いておかないとな……。

今更も今更、結構大事なことなのに放置しすぎたかもしれない。

「この王都の名前って聞いてなかった気がするんだけど、教えてもらって良いか？」

作業場の窓から見える街の光景に夢中になっていた双子がハッとした表情を浮かべ、近くにあった椅子に座り、顔をこちらに向けた。

「そ、そう言えば言ってなかったような……」

「きっと、言ってない。む、ナビゲーター失格」

ヒバリとヒタキどちらもが少し落ち込んだ様子を見せる。

俺が聞かなかったのも悪かったので、なんとなくバツが悪くなり、インベントリから適当にお菓子とお茶を取り出して振る舞うことにした。

お菓子の匂いにつられて元気になるリグ達に癒され、一息ついてから、仕切り直しと言わんばかりに口を開く。


「では改めて、王都の名前は分かるか？」

「うんっ！」


精神安定作用のあるハーブで出来たお茶を片手に、ちょうどお菓子を呑み込んだヒバリは嬉しそうに表情を輝かせ、元気に返事をする。

そして、ウインドウ画面を開いて少し操作すると、そこに書いてあることを読み上げた。

一応調べてはあるらしい。


「この王都の名前はローゼンブルグっていうの。『茨の城』って意味のドイツ語なんだって。茨城県に位置するからかな？　前に見た地図ではシザールっていう名前だったけど、なんか革命が起きて変わっちゃったみたいだよ」

「……かくめい」

「うん……って、内戦したってことだよね」

なんだか聞き慣れない言葉を耳にして、思わず微妙な表情でヒバリを見ると、彼女も一度頷き、複雑な表情で答えた。

のんびりお菓子を食べていたマイペースなヒタキ先生によると、ほぼ無血革命だったらしい。

まぁ俺達にはあまり関係のない話なので、空気を変えるべくヒバリと一緒にお茶を飲む。

「えっと、あと言っておかなきゃいけないことはない、かな？」

先ほどまでのことはもう忘れたと言わんばかりに、元気な声を出すヒバリ。

そこで、ヒタキが小さく首を傾げながら、さらっと爆弾発言をした。

「……闘技場？　ツグ兄、出るかもしれないし」

「へぇ……え!?」

あくまで妹達やミィが楽しむだけだと思っていたのに、まさか自分も参加するかもしれないと言われ、思わず素っ頓狂な声を上げてしまった。

「も、もしかしたらだから！　安心してよ」

「うんうん。不慮の事故がない限り大丈夫。多分」

うろたえた俺の姿を見て2人が慌てたように言い繕ったけど、どこからどう聞いても明らかに怪しいぞ。

「……不穏な言葉を聞いた気がするけど、分かった」

お菓子をたらふく食べて、ウトウト船を漕ぐリグの背中を撫でて平静を保ち、なんとなく神妙な面持ちで頷いておく。

そしてこの王都を統治している国王の噂や、今一番進んだところにいるプレイヤーの動向などを聞いて時間を潰した。

うん、でも、ここの王様は愛に自由奔放な人だって話は聞きたくなかったかな！

作業場の制限時間が来る前には後片づけも終わらせ、スムーズに退出。

先ほどよりは人波が引いた噴水広場に向かった。

それでも空いているベンチがなかったのだけれど、立ちっぱでも疲れないから問題なし。

少し落ち着いて家々を見渡してみると、構造的にほとんど一緒で、随分造りがシッカリしているというか、ガッチリしている建物ばかりだった。

王様を守る盾でもあるから、当たり前かもしれない。

「あ、ギルドに行って魔物討伐のお金もらおうか！」

「あ、忘れてた。お金大事」

のんびり王都のことについて考えていると、いきなりヒバリが声を上げ、ヒタキも同意した。

王都に着いたばかりでまだ勝手が分からないから、なじみの場所に行こうとしているのだろうか。

お金は大事だと思うので、俺も反対はしない。

そんなに戦闘してないから、金額の期待はあまりしないように。

見慣れたギルド……って言いたかったけど、コレはさすがに言えないな。

煉瓦より頑丈そうな素材で建築されており、大きさがこれまでの街のギルドの倍はあるかも。

二階建てになっていて、二階は宿屋、一階はギルド業務を行う事務所に加え、立派な食事処があった。

とにかく俺が言えるのは、全てにおいて大人数向けの施設になっているということ。

うーん。ギルド内は確かに広々としてはいるものの、人口密度の関係で、他の街のギルドとあまり変わらないように思えた。

入ってくる人達の邪魔にならないよう、人の少ない隅っこにいるんだけど、いつまでもこのままじゃ仕方ないと思ったのか、ヒバリが受付を指差す。

「とりあえず受付に行ってお金をもらって、そのあと少し探検っていうか、探索しよう」

「ん、その案に賛成。ちょっぴりワクワク、ハシャいでる」

ヒバリが指差した受付を見ると、大盛況フィーバー中ですと言わんばかりの賑わいを見せている。

「人が多いし、受付は俺だけ行ってこようか？　それとも一緒に行くか？」

「もっ、もちろんついて行くよ！」

「めめっ、めめめめっ！」

「お、おう、分かった」


妹達が屈強な冒険者の波に呑まれないよう気を使ったつもりだったのに、ヒバリだけでなくメイにまで一緒に行くと言われ、押され気味に頷いた。

冒険者の数が多いので時間がかかるかもと思ったけど、大きい分受付の数も多く、対応する職員もたくさんいたので、スムーズに済んだ。

前後左右をムキムキマッチョメンに囲まれたときはもう終わりだと思ったけど、意外にも良い人達だったので安心した。

やはり予想通り、たいして魔物を倒さずに来たから金額は少なく、ただ単に達成クエスト数が増えただけって感じも否めない。

街から街へ移動するなら、討伐依頼をきちんと受けてから出発するように、だな。

そうじゃないと、出発してから気づいて慌てて戻る羽目になったりするらしいぞ。

……忘れないよう肝に銘じておこう。

◆　◆　◆

「移動したから仕方ないけど、時間が……。でも王都を回ってみたい気が、ぐぬぬぬぬ」

いったんギルドから離れ、内心の落ち着きを取り戻そうとした結果、ヒバリがご乱心になってしまった。

悩ましいのは分かるけど、その無駄に顔を歪めた、しかめっ面はしちゃいけないと思うな。

そんなヒバリには俺のフードでモゾモゾしていたリグを渡して抱きしめさせ、比較的冷静なヒタキと向き合う。

「実際問題、このあとどうするかって決めているのか？　とは言っても、ログアウトする時間的に、ゲームしていられるのはもう１日くらいだけどな」

「むぅ、ウインドウショッピングくらいしかパッと思いつかない。考えてたはずなのに」

結構行き当たりばったりなところあるよな、ヒタキって。

だが、俺が考えてもヒタキ以上のことは思いつきそうにないので、今日のところはウインドウショッピングにしようと思う。

まぁそれが無難だな。

とはいえ、リアルの日曜日は現実でもゲームでもイベントが目白押しなので、行き当たりばったりはダメだ。色々と頭に詰め込んでおかないと。

細かな違いはあるけど、建物の並びや大通りなどの配置は今までの都市と似通っている。なので迷子にはならないはず。

万が一迷子になってしまったときの対処法は、道が分かるなら人が多い場所を通って噴水広場かギルドの中に避難してチャットで連絡をする。

知らない場所だったらそこから動かず、周りのスクリーンショットを撮りチャットで連絡。

少し経ってもお迎えが来ない場合は潔くログアウト。

PTメンバーの位置が大ざっぱに分かるマップ機能もあるし、多分大丈夫だとは思うけど。

そんなことをヒタキと話しつつ、今日は正門から噴水広場までの大通りをウロウロすることに決定した。

しかしこの広さだ。全て見て回るには、一週間くらいは必要なんじゃないだろうか？

「まず見るなら、道具屋とか武器屋さんとか？　私達の冒険の生命線だし」

人の波が少ない場所を選びながら通りを歩きつつ、ヒバリが提案した。

確かに冒険者にとって道具屋と武器屋は大事だ。

一度は見ておいたほうが良いかもしれない。

俺は武器をにゃんこ太刀に新調したけど、双子の武器もどうにかしたいよな。

防具は滅多にドロップしない魔法石があるので、それでどうにかするみたいだけど。


「ん、なら一番近いのは道具屋。行ってみる?」


ヒタキもヒバリの意見に賛成らしく、道具屋の木製看板を見つけて軽く振り返り、グイッと親指を向けて、行くかと問いかける。

こうたまに、ヒタキが男前なのはなんでだろうな。


「もっちろん。ご用改めである！」

「ヒバリちゃん、ちょっと、いや全然違う」


考え事をしていたせいで、ヒバリの発言にずっこけそうになり、ヒタキのツッコミに何度も頷いておく。

とりあえず気を取り直して道具屋の前に立ち、可愛らしいウエルカムベルを鳴らして店内へ。

真っ白な壁が店内の清潔さと明るさを強調し、柱に暗色を持ってくることによってそれを引き立たせていた。

店内の広さも最初の街に比べると、倍以上はあるだろう。

「やっぱ王都だね、店内も広いし品揃えもすごい」

店内を見渡しながら、ヒバリが感心したようにしゃべる。

棚もきっちり用途別に分けられているし、品物の種類も千差万別と言ってもいい。

冒険者達によって繁盛しているのに、広いのでむさ苦しさを感じさせない。

俺もむさ苦しい男に囲まれるのは、どうしようもないとき以外は勘弁願いたいからな。

「うーん。必要な物もよく分からんし、今回は見るだけかな。はは、需要あるのかこれ」


【スライムゼリーの瓶詰め】

スライムの核ではない部分を詰め込んだ瓶。ネトネトでヌルヌルしている。色々と用途はあるらしく、一部の地域では鳥モチの代替品にするとのこと。

【癇癪玉】

微量の火薬を砂に混ぜ、小さな玉にしたもの。地面に叩きつけて鳴らす。時と場所に注意。

お祝い事や、ある魔物に使用すると良いらしい。


俺がイロモノに近い商品を眺めていたころ、ヒバリとヒタキは欲しい品物があったらしく、事前に渡しておいたお金で、レジで会計をしていた。

何を買ったのか聞いてみると、武器に塗る魔法薬のようなもので、切れ味が良くなるとかなんとか。簡単に言うと、攻撃力が上がる魔法のお薬、みたいなものだろう。

ざっと店内を見渡しても他に買う物はとくになく、これ以上冷やかしていても、他の客の邪魔にしかならない。

なので早々に店を出て、次は冒険者なら決して疎かにできない武器屋へ向かった。

俺にとっては、戦闘時の切り札はリグ達ペットだから関係ない、ってのは内緒な。

頑丈そうな灰色の煉瓦造りをした武器屋は、時折野太い怒声が聞こえ、頻繁に鉄を打つ甲高い音も響いていた。

道具屋より随分大きいのは、鍛冶屋も兼ねているからだろうか、と勝手に納得。

ここも繁盛しているようで、広々した店内は冒険者でいっぱいだった。見て回るのにどうにか苦労しないかな？　というくらいだ。

道具屋は見栄えを重視した店内だったが、ここは汚れ対策のためか暗色が目立つ。

だが決して薄暗い訳ではなく、大きな明かり窓のおかげで明るい。

「む、鉄武器は今ので十分だし、魔法付加されたのは値段が跳ね上がる。素材ランク上げたら高嶺の花」

ヒタキが商品棚に飾られている剣を睨みながら話すと、ヒバリが何度も頷きながら答える。

「高嶺の花なのは分かるけど、前向きに検討すべき部分ではあるよね。まぁ要相談、かな」

「ん、そうだね。その通り」

俺は足にじゃれつくメイと小桜、小麦に構いつつ、そのやり取りを半分流し気味に聞く。

今までの冒険で武器が大事なのは分かったつもりだけど、そういった議論に、お兄ちゃんはあまり役に立ちそうにないからな。相談されれば乗るが。

武器屋では何も買わず、鍛冶屋に移動して傷ついた武器を修復してもらうと、他にめぼしい店もないので、早々に噴水広場に戻ってきた。

王都に着いた時間も昼過ぎだったので、もう空が薄暗くなってきている。

「宿屋探すか？　もう暗くなってきたし」

そろそろ宿屋を探さないと、作業場に泊まることになってしまう。

そんなことを思いながら妹達に聞くと、ヒバリが困ったような悩んだような、曖昧(あいまい)な表情でお腹を押さえた。

「う～ん。満たされてはいるんだけど、もうちょっと、こう、なんか小腹が……？」

「ははっ、買い食いか」

「買い食いなら、あのあたりの屋台くらい。もしくは酒場とかだけど、あまりオススメしない」

静かに俺達のやり取りを見ていたヒタキが、軽く屋台のほうに視線を向けて言った。

確かにもう開いている屋台は数えるほどになっていた。夜の酒場には酔(よ)っぱらいがいるから避けたいし……。

ヒバリは悩むなら別に良いよ、とオロオロしていたんだが、せっかくなんだし食べようと、適当な屋台へ向かった。

なんだかんだ嬉しそうなヒバリはいいとして、ホクホク顔のヒタキや、小躍りしそうなほど喜んでいるリグ達に苦笑してしまう。

いい匂いに誘われて屋台を覗くと、木で出来た細長い串に肉と野菜が交互に刺さったものが焼かれていた。

「……バーベキュー、だよなこれ。まぁいいか。この塩とタレを10本ずつください」

串を受け取った俺達はその場から離れ、暗くなり人気もなくなってきた噴水広場に戻ってくる。

まだまだ冒険者達は活動中のようで、そこら中にたくさんいるが、ベンチの空きはチラホラ見受けられるようになってきた。

空いているベンチに腰掛け、俺達は自分のインベントリから、食べる分の串を取り出す。

俺はリグとメイ、ヒバリは小麦、ヒタキは小桜に食べさせながら、自分達も頰張る。

小桜や小麦という名前を自分で付けたからなのか、単純に食べさせる対象が増えてきたからなのか。

どちらにしろ、言わなくても妹達が手伝ってくれるのはありがたい。

これが、動物を飼うことによる自立心の芽生え……って、ちょっと違うか。

リグ達の小腹が満たされるまでせっせとバーベキューを食べさせ、リグ達が満足すれば俺達もさっそくと言わんばかりに口へ運ぶ。


「うまっ」


肉は焼かれてカリッとしている部分が香ばしくて、噛めば噛むほど肉汁があふれてきた。

タレは香辛料をたっぷり使っているのか少々ピリ辛だが、果物も使っているようで、ほのかな甘みもあってなかなか。

シンプルな塩味も美味しいぞ。


食べ終わって正面を向いてみると、お待ちしておりました、と言わんばかりの宿屋があることに気づく。

内装までは分からないが外観は普通の宿屋だ。

「ヒバリ、俺の目の前に宿屋があるんだが、今日はあそこでいいか？」

「んぐ、んん、ふぃふぃふょおっふぇ」

そこで良いかとヒバリに問えば、まだ食べていたらしく、口いっぱいに肉を詰めてモゴモゴ答えてくれた。

ヒタキ先生いわく、「うん、いいよＯＫ」と言っているのだそう。

「んぐんぐ、んむっふっふ。じ、じゃあ、あの宿屋へ向けてレッツゴー！」

「え、ちょっ」

最後の肉の塊を勢いよく呑み込んだヒバリは元気良く片腕を天に掲(かか)げ、俺達が慌てているのにも構わず歩いて行ってしまう。

ヒタキと一瞬のアイコンタクトを交わしたのち、俺は両腕にメイと小麦、ヒタキは小桜を抱(かか)え追いかけるのだった。

リグ達が重くなくて良かった、と思えた瞬間だな。

入った宿屋は広々とした店内に淡(あわ)いパステル色を基調(きちょう)としており、ムサい冒険者達が口

ビーにたむろしていても、柔らかい空間となるよう仕上げていた。

宿屋へ先に入っていたヒバリを捕まえ、邪魔にならないようロビーの隅で、俺達は冒険者達がいなくなるのを待つ。

「ここは、王都の中でも屈指の老舗宿屋。でも駆け出しの冒険者も泊まれて、従業員さんも優しい」

「王都に来たら一度は泊まりたいよね。大通りの宿屋って言ったら、都市の顔だもん。ほとんどの冒険者が泊まるんだよ！」

あたりを見渡しながら俺に向けてヒタキが説明をしてくれ、ヒバリが俺から小麦を受け取りながら力説した。

冒険者達がいなくなったのを確認してから受付に向かい、丁寧な対応をしてくれる受付の人に癒されつつ、鍵を受け取り部屋に向かう。

廊下に魔法具の照明をたくさん使っていて、広々しているのに暗い部分はない。

焦げ茶色でがっしりした造りの扉の前に立ち、ヒバリとヒタキに急かされた俺は、鍵を差し込みゆっくり捻る。

カチリと確かな音がしたので扉を開き、部屋の中に入った。

まず浮かんだ感想は、どこぞのホテルだ、だった。

3人部屋を頼んだのに、入ってすぐに広いスペースがあり、その先に俺達が寝るベッドが置いてある。

これが王都の宿屋なのかと感動して、俺はベッドに腰掛けた。

「今日も真ん中いっただっきま〜す！　んふふ、広くてベッドはふかふか、従業員さんも良い人だったし、瑠璃(るり)ちゃんと……あ、言っちゃった」

小脇に抱えたままだったメイを隣に優しく置き、俺の隣のベッドにダイビングしたヒバリ。

しかし、勢いに乗ったまましゃべって、どうやら墓穴(ぼけつ)を掘(ほ)った様子だ。

日曜日にようやく王都へたどり着くヒバリ達の同級生は、瑠璃ちゃんと言うらしい。

瑠璃ちゃん瑠璃ちゃん……と頭の中で繰り返していると、不意に双子が小学生のころ、よく一緒に遊んでいた小柄な女の子を思い出した。

何度か家に来たはずだけど、詳(くわ)しく思い出せない。

そしてドンマイの意味も込め、涙目のヒバリに親指を立てると、可哀想な彼女は完全にベッド上で崩(くず)れ落ちた。

ドンマイ。

「んんん〜、失敗失敗。とりあえず忘れといてね、ツグ兄ぃ。ツグ兄ぃならできる！」

「んな無茶な」

頬をカリカリと数回掻(か)いたヒバリは気を取り直してと言わんばかりに無茶振りをし、俺は思わず素で返事をしてしまう。

「ん、瑠璃ちゃんが家に来たのは片手で足りるだけ。覚えてないかも。この話はここでおしまいにして、今は宿屋の性能について語り明かそう。明かさなくてもいいけど」

そんなやり取りをしている俺達にヒタキが近づいてきて、言い聞かせるかのような口調で話した。ちょっと脱線(だっせん)したが。

「ツグ兄ぃ、ヒバリは食堂が気になります」

ヒバリが居住(いず)まいを正(ただ)し、キリッとした表情を浮かべるんだけど、言い方が俺のツボに入って笑ってしまった。

食堂に行くのは嫌なわけではないので「分かった」と了承する。

ヒバリと一緒になって喜ぶリグ達をなだめ、さっそく行くことに。

宿屋に備え付けてある食堂は、混雑(こんざつ)した酒場のような雰囲気なのかと思ったけど、ここはそんなことないらしい。

一角にはお酒を飲んで出来上がった冒険者や商人の姿も少し見えるが、ほとんどの人は和気藹々(わきあいあい)やっている。

そんな食堂の雰囲気にホッとした俺達は、食堂にいた給仕の人に案内され、大きな窓がある眺めのいいテーブルに通された。

ヒバリいわく、「温(ぬく)もりティあふれるオシャンティな食堂」らしいが、俺にはよく分からん。

子供用の椅子をメイに持ってきてくれた給仕の人にお礼を言い、渡されたメニューをとりあえずヒバリ達に回した。

膝に乗せるとしてもひとつ足りないって言うか、どうしてもメイを1匹にしがちだ。ちゃんと気を配(くば)ってはいるつもりなんだけど。申し訳ない。

「これとこれと～、小桜小麦はこ～れ～っだ。ツグ兄ぃはどうする？」

俺が悶々としていた間に、メニューと睨めっこをしていた2人と2匹は注文を決めたらしく、代表のヒバリが指を示して教えてくれる。

メニューを受け取り、リグとメイと顔を寄せて睨めっこ。

「んー、どれどれ」

「シュ～？」(≧w≦*)

「めめっめ？」(*・ェ・)

レストランよりメニューは薄いし、魔物食材があっても限度があるのか料理の数も少ない。

旅の道中できちんと飲食をしていたから、ゲージは全く減っていないし、しばらくは食べずとも問題ないのだ。

しかし、問題ないと言ってしまったその日には、ヒバリやリグ達の絶望した顔を拝むことになるだろう。

それはさすがに可哀想なのでやめておき、頼むものを決め、手の空いていそうな給仕さんを呼ぶ。

「日替わりAと、サラダセット、ポテト揚げセット、飲み物はミックスジュースにしようかな。あ、すみませーん」

ちなみにサラダとポテトは大盛りで、皆と分けて食べる用だ。

「ごっはん♪　ごっはん♪」

(*^ω^*)「にゃっにゃっ」

(=・ω・)「にゃんにゃっ」

給仕さんに頼んでから食べ物が出てくるのを待つ間、微妙な音程の歌をヒバリが口ずさみ、小桜と小麦がマネをする。

ヒタキがものすごく微妙そうな顔をしているヒバリの歌はともかく、彼女のマネをしている小桜と小麦の可愛さに、俺を含む周囲がめろめろになった。

もちろん、音痴なヒバリも俺は可愛いと思っているぞ。

しばらくほっこりして待っていると、湯気（ゆげ）が立った美味しそうな料理を給仕の人が持ってきてくれた。

テーブルに並んだ料理は思った以上に多く、普通なら食べきることができないだろう。

だが食べることが大好きなヒバリを筆頭に、大食らいがたくさんいるから、なんてことない量へと変貌を遂げた。

「いっただっきま～す！」
「いただきます」

元気な声と共に2人は料理を一口食べ美味しさに悶えた、と思ったらハッと我に返り、一口ずつ交互に小桜、小麦と食べ始める。
その姿を見てほっこりしていたら、ふと服が引っ張られる感覚。
振り向けば、リグとメイが涎を垂らしそうな顔で俺を見ていた。

「あ、ごめんごめん」

俺は軽く謝り近くにあった大盛りのポテトを2匹の口の中に突っ込むと、嬉しそうに咀嚼して、もっと欲しいと大きな口を開けて待っている。
その姿に小さく笑いながら2匹の口にせっせと料理を届け、その合間に自分もちょこちょこ料理を食べ舌鼓を打つ。

ちなみにこのせっせと料理を食べさせながら自分もちゃんと食べる技、ヒバリとヒタキが小さなころに会得したんだが、まだ覚えていたらしい。

結構大量にあった料理をたいした時間もかからずぺろりと平らげ、とくになにもすることがないので部屋に戻ることにした。

料金は料理が来たときに払ったので、給仕の人にも止められず笑顔で送り出された。

宿屋の窓から見える王都の風景は夜なのに明るく、建物なども豪華な印象を受ける。

そりゃ王様の住む場所なんだから当然かもしれないけど。

建物の造りは似通っていても、それぞれに個性があるのがここからでもよく分かった。

妹達のお眼鏡に適うものがなかったようで、少し外を眺め部屋に戻った。


「うへへ、明日はなにしようかな〜」


寝る前に明日の確認でもしようか、と皆で向き合った瞬間、ヒバリがそんなことを言い出した。

まぁ俺もやることをヒバリ達に決めさせようと思っていたから、今から考えても構わない。

でも結局、作戦会議と言うより雑談で時間を潰してしまったことを、この場を借りて報告しておこう。

◆　◆　◆

いつも通り、目を閉じてから十秒弱で清々しい朝を迎えた。

かすかに減っていたＨＰとＭＰが回復したのを確認し、食堂で軽食を食べ宿屋をあとに。

今日はやることを決めていないので、ほとんど観光になってしまうかもしれない。


「えっと、ギルド行ってみようか」

「ん、クエストでも冷やかそう」

「そうだな。面白いのがあるかもしれないし」


観光とはいっても、俺達だけでしたら美紗ちゃんや瑠璃ちゃんに恨まれそうなので、周りを見るだけになるかもな。

「それってなんて下見？」とか言ってはいけない。

ちょっと考え込んだヒバリの提案に乗り、俺達はまだ慣れないギルドのウエスタンドアをくぐる。

ギルドが混み合う早朝の時間帯は外しているんだけど、クエストボードに群がる冒険者は多かった。

数に圧倒され、思わず備え付けの飲食スペースに避難してしまう。

屈強な人達も多い冒険者達の波に呑まれたら、ヒョロい俺や小さな妹は吹き飛ばされてしまうからな。仕方ないさ。

クエストの受注ラッシュは1時間もすれば収まりを見せ、ようやくクエストボードをじっくり眺めることができそうだ。

そんなボード周辺を見てガタッと立ち上がり、スキップしそうな雰囲気をまとわせたヒバリが小麦を伴い行ってしまう。

「む、ヒバリちゃん……」

「迎えに来る前に行こうか、ヒタキ」

「ん」

行ってしまったヒバリをヒタキが面白い表情で見ているから俺はそれを観測したかったんだが、良心の呵責に苛まれたのでやめておくことにした。

軽く彼女の頭を撫で、俺達もヒバリの元へ行くことを促す。

「なんか面白いクエストでもあったか？」

「ぬわっ、びっくりした」

小麦と共に熱心にクエストボードを見ていたヒバリの死角からわざと声をかけると、思い切り肩をビクつかせ勢いよく振り返った。

面白いリアクションをするかもしれないとは思ったけど、想像通りの反応をしてくれてありがたい。

ちなみに小麦はすぐ気づいたので全く驚いてなかったぞ。

ヒバリが熱心に見ていたクエストボードに俺も視線を向け、たくさん貼(は)り付けられている用紙を見る。

適当に用紙を見ても、俺のインスピレーションにピンッと来るものはないなぁ。

クエストを選ぶのはヒバリ達に任(まか)せるとして、ぴょんぴょん跳ねていたメイを抱き上げて、ボードが見られるようにした。

「ぴょんぴょんしてどうした？」

「めめっ、めぇ〜めっ！」

「ん、これか？」

　メイに問いかけると、クエスト用紙が貼られている一角を、小さな手で一生懸命示していることに気づく。

　そこに今しがた貼り付けたかのような、真新しい1枚の紙を見つけた。

【蜂蜜の採取】
【依頼者】結女（プレイヤー）
　黄金の蜂蜜酒を作りたいので、周辺の森にいるハニービーの蜂蜜を採取してきてくれる方を募集します。
【条件】蜂蜜ボールの納品。最低５個以上。
【ランク】Ｄ
【報酬】蜂蜜ボールひとつにつき、１０００Ｍ。

　そういえば俺って、ハニービーなら俺に任せろ、と言えるくらい良いもふもふマフラーを装備しているな。

というかあれ？　この結女さんってプレイヤー、前に俺が料理を納品したことあった……よな？

料理に研究熱心なのか、料理ギルドの人なのか俺には分からん。

なんとも俺向けのクエストを探し出してくれたメイは、自分の頬に小さな手を当て、左右に揺れていた。

もしかしたら俺向けのクエストを探したんじゃなく、蜂蜜のおいしさを覚えていただけかもしれない。

あと、日本語読めるんだなメイ。

「なぁ、これ受けてくる」

メイを小脇に抱え直し、面白そうにクエスト用紙を眺めているヒバリとヒタキに声を掛けた。

ハニービーの女王様にもらった蜂蜜ボールは30個くらいあったんだけど、今は何個残ってるんだったか。

インベントリを開いて最低条件を満たしていることを確認し、用紙を剥(は)がして受付へ向かった。

『ええっと、こちら少し難しいクエストだと思うのですが、大丈夫でしょうか？　一応、クエスト達成数もダンジョン踏破も条件を満たしているようですが……』

「もう納品数を持っているので大丈夫ですよ」

『あっ、申し訳ありません！』


受付の人に心配されてしまったけど、インベントリから蜂蜜ボールを取り出して言えば、慌てて謝られた。

半分以下に減っていた蜂蜜ボールを6個、そのまま受付に納品すれば万事解決。

目をキラキラさせ蜂蜜ボールに釘付けなメイに、俺は「また作るよ」と笑いながら、その場を離れる。

メイと手を繋ぎ端っこのほうにいたヒバリ達の元へ戻ると、ヒバリとヒタキはグッジョブポーズで迎えてくれ、小桜小麦が足にすり寄ってくる。

2人をよく見れば、反対の手にクエスト用紙を持っているような気がするんだけど、ツッコミを入れたほうがいいんだろうか。

「……その手に持ってる紙は？」

俺が２人に問いかけるとヒバリが思いきり用紙を持った手を頭上に掲げ、ヒタキがそっと俺の手に用紙を握らせてきた。なんで？


「もっちりもちもち、クエストでございー！」

「なんとなく、王都の周辺を探索しようと」

「あっはい」


まぁいいや、とヒバリからもクエスト用紙を受け取り、受付に移動してクエストを受けたら、ギルドを後にする。

受けたクエストは、王都周辺の魔物を好きなだけ討伐、といういつものやつ。

大きな門をくぐり、たくさんの人々が行き交う舗装路(ほそうろ)を少し歩く。

そしてその道から外れていくと、ポツリポツリと魔物が出現するようになる。

他の冒険者達も一応いるんだが、無限湧(わ)きというやつなので、俺達が行っても魔物がいなくなることはなさそうだ。

この周りにいるのはスライムとゴブリン、野犬と見慣れた魔物ばかり。

魔物のレベルも少し強いくらいだから、小桜と小麦のレベリングにちょうど良いかも。

そしてヒバリはというと、片手を掲げ片手をメガホンにし、我が子を応援する保護者のように2匹の戦闘を観戦していた。

「がんばれ～、がんばれ～！」

リグとメイも一緒になって応援しているぞ。


(≧w≦*)

「しゅっしゅ～」

(*´ェ`)b
「めっめめめ！」

「次はスライム祭り、数は10匹。数は多いけど、にゃん術で攻撃すれば近寄らせずに倒せる」

ゴブリンの群れを猫又の魔法であるにゃん術で倒し、一息つく間もなくおかわりが来たのを、ヒタキが数と共に教えてやった。

にゃん術は爪のような斬撃を飛ばす魔法みたいだけど、不可視なので俺にも見えない。端から見ると、魔物が勝手に吹っ飛んでいくみたいで、なかなかシュールな絵面になっているぞ、これ。

こちらを獲物として認識した魔物が近寄ってくるまでに、ヒタキがスキル【気配探知】

を使って数を伝え、魔物の姿が射程圏内に入った途端、にゃん術を打ち込む。
ヒバリやメイも遊んでいるように見えて、倒しきれない魔物が近づいてきたときのために、きちんと警戒している。
俺は魔力タンクで、リグは俺のボディーガードだ。

「ふへへ、このくらいで勘弁してあげるんだぜ」

空も暗くなり始め、もうそろそろ王都に引き揚げるべきかというころ、ヒバリが変なセリフを言いながら、出てもいない汗を拭う仕草をした。
俺のＭＰもほとんどスッカラカンになったし、ちょくちょく休憩していたけど、小桜と小麦も疲れた様子を見せているので休ませたい。

「結構レベル上がったな、お疲れさま」

「にゃふにゃふ」

(*>ω<)(>ω<*)

俺は足下にじゃれついてきた小桜と小麦の頭を撫でつつ言い、今日一番がんばって疲れているだろう２匹を持ち上げた。

がんばってヘロヘロになっているのに、さすがに歩かせられないからな。

体重も軽いので、2匹を抱っこしても大丈夫。

◆　◆　◆

帰り道はヒタキの【気配探知】を使い、魔物に遭うことなくササッと王都に帰ってきた。

俺のMPも空っぽで小桜、小麦も疲れているので、今日は特別に宿屋で一泊してからログアウトすることに決定。

まぁ、次に来たときのためだ。

まずギルドへ向かい、討伐報酬を受け取ってから、比較的空いている噴水広場の角にあるベンチに陣取った。

そして一息ついたと思った瞬間、ヒバリが俺の様子を窺うように尋ねてくる。

「今日も同じ宿でいい、よね？」

「あぁ、もちろんいいよ」

「じゃあ出発！」

彼女の姿が可愛らしく見え、思わず小さく笑いながら頷く。

なんでヒバリが恐る恐るだったのか定かではないけれど、安心したなら良かったよ。

この時間帯は多くの冒険者達が王都へ帰ってくる時間と被っているので、宿屋はてんやわんやしている様子だった。

というか、昨日泊まったんだからこういうことは覚えておこう、俺。ちょっと失敗だな。

「ふふ。椅子もあるし、のんびり待つのもいい」

宿屋のロビーにたくさん設置されている、ふかふかな椅子のひとつに座りつつ、ヒタキがまったりした声音で言う。

その膝の上には、眠そうに船を漕いでいるメイがおり、俺のちょっぴり荒んだ心を癒してくれる。

「お、空いてきたな」

しばらく話したりまったりして時間を過ごしていると、ようやくといった感じで受付が空いてきた。

両腕に抱えていた小桜と小麦をそっとヒバリに渡し、ついてきそうな素振りを見せたヒタキを、メイが寝そうだから、と制する。

そして1人で受付に……いや、俺のフードの中にはリグもいたっけ。

鍵を受付でもらうとすぐ部屋に行き、皆で寝てしまった。

その代わり、朝食をたくさん食べ、妹達はとても満足したらしい。

少しまったりしすぎてしまった気もするが、昨日の疲れが取れた様子の小桜と小麦を見て、ホッと一息。


「んん～、ぜんっぜん寝た気がしない！」

「でも、小桜と小麦は元気そう。よかった」


受付へ鍵を返し、いつもの噴水広場に行けば、今の時間帯は冒険者よりＮＰＣのほうが多かったのが意外だった。

目の前を走っていくＮＰＣの子供達を微笑ましく見つめながら、ウインドウ画面を開いてリグ達のステータスを【休眠】にする。

最後に、ステータスの確認だけしておこうか。

REAL&MAKE
リアル アンド メイク

【プレイヤー名】
ツグミ
【メイン職業／サブ】
錬金士Lv４４／テイマーLv４３
【HP】８８２
【MP】１７１１
【STR】１６１
【VIT】１６２
【DEX】２６４
【AGI】１５３
【INT】２８６
【WIS】２６５
【LUK】２２３
【スキル１０／１０】
錬金３１／調合３２／合成３７／料理８３／
テイム９９／服飾３４／戦わず４４／
MPアップ５８／VITアップ２６／AGIアップ２３
【控えスキル】
シンクロ（テ）／視覚共有（テ）／魔力譲渡／
神の加護（１）／ステ上昇／固有技・賢者の指先
【装備】
にゃんこ太刀／フード付ゴシック調コート／
冒険者の服（上下）／テイマーブーツ／
女王の飾り毛マフラー
【テイム３／３】
リグLv６７／メイLv６７／小桜・小麦Lv４１
【クエスト達成数】
F３７／E１２／D３
【ダンジョン攻略】
★★☆☆☆

REAL&MAKE
リアル アンド メイク

REAL&MAKE
リアル アンド メイク

【プレイヤー名】
ヒバリ
【メイン職業／サブ】
見習い天使Lv４８／ファイターLv４８
【HP】２０５９
【MP】１１７３
【STR】２９９
【VIT】３８６
【DEX】２４５
【AGI】２４６
【INT】２６４
【WIS】２３５
【LUK】２７７
【スキル１０／１０】
剣術Ⅱ３／盾術Ⅱ９／光魔法７１／
ＨＰアップ８７／ＶＩＴアップ９３／挑発９０／
ＳＴＲアップ５７／水魔法９／ＭＰアップ３８／
ＩＮＴアップ３１
【控えスキル】
カウンター／シンクロ／ステータス変換／
重量増加／神の加護（１）／ステ上昇／
固有技リトル・サンクチュアリ
【装備】
鉄の剣／アイアンバックラー／
レースとフリルの着物ドレス／アイアンシューズ／
見習い天使の羽／レースとフリルのリボン

REAL&MAKE
リアル アンド メイク

REAL&MAKE
リアル アンド メイク

【プレイヤー名】
ヒタキ
【メイン職業／サブ】
見習い悪魔Lv44／シーフLv43
【HP】1135
【MP】1147
【STR】221
【VIT】192
【DEX】364
【AGI】312
【INT】238
【WIS】231
【LUK】245
【スキル10／10】
短剣術83／気配探知52／闇魔法61／
DEXアップ83／回避87／火魔法15／
MPアップ31／AGIアップ30／
罠探知48／罠解除29
【控えスキル】
身軽／鎧通し／シンクロ／神の加護（1）／
木登り上達／ステ上昇／
固有技リトル・バンケット／忍び歩き26／投擲39
【装備】
鉄の短剣／スローイングナイフ×3／
レースとフリルの着物ドレス／鉄板が仕込まれた
レザーシューズ／見習い悪魔の羽／始まりの指輪／
レースとフリルのリボン

REAL&MAKE
リアル アンド メイク

ステータス画面を閉じた俺は、やり忘れがないかどうかをヒバリとヒタキに聞き、大丈夫なことを確認してからログアウト。

「少し長くやると、ちょっと肩が凝るのが難点だよな……」

雲雀達より少し早く目の覚めた俺は、ヘッドセットを脱いで自分の肩をさすった。

ある程度の重さがあるから仕方ないとはいえ、完全に慣れてしまうまでは、ちょっとした違和感と戦うしかないだろう。

ゲームをやめるという選択肢はないぞ。

やや遅れて雲雀と鶲も現実世界へ帰ってきて、まず伸びをする。

どうやら彼女達もまだ慣れきっていないらしい。

まぁそんなことは置いておき、壁の時計で時間を確認。

俺が許可したからだけど、少し予定時間をオーバーしてしまった。

明日は休みの土曜日だからって、生活ペースを崩していいことにはならないよな。

2人にヘッドセットを片づけてもらい、早く寝ることを促す。

ええっと、お風呂には入ったし宿題も終わった。あとは歯磨きをさせて寝かせればいい。明後日のフリーマーケットの準備だって今やることじゃないし、俺も夕飯に使った食器を洗えば寝られるな。
椅子にかけてあったエプロンを手に取り、着用して洗い物をしていると、雲雀と鶲がキッチンを覗き込んだ。

「お休み、つぐ兄ぃ」
「つぐ兄、お休みなさい」

どうやら片づけも歯磨きも終わったらしく、パジャマ姿になっていた。

「あぁ、お腹出して寝るんじゃないぞ」
「だっ、大丈夫だよ！　多分」

２人が階段を上がっていく、軽快な音が聞こえる。
あふ、と欠伸をしてしまい、俺は誰もいないのにちょっと恥ずかしくなって、頬を赤らめてしまう。

俺も眠いんだなと勝手に納得し、洗い物をする手を速めた。
洗い物を終えると、念入りに戸締まりの確認をする。
風呂に入って寝間着の浴衣に着替え、妹ほどじゃないがすぐに寝ついた。

【あぁ～こころが】LATORI【ロリロリするんじゃぁ～】part5

（主）＝ギルマス
（副）＝サブマス
（同）＝同盟ギルド

1:プルプルンゼンゼンマン（主）
↓見守る会から転載↓
【ここは元気っ子な見習い天使ちゃんと大人しい見習い悪魔ちゃん、生産職で女顔のお兄さんを温かく見守るスレ。となります】
前スレ埋まったから立ててみた。前スレは検索で。
やって良いこと『思いの丈を叫ぶ・雑談・全力で愛でる・陰から見守る』
やって悪いこと『本人特定・過度に接触・騒ぐ・ハラスメント行為・タカリ』
紳士諸君、合言葉はハラスメント一発アウト、だ！
・
・
・
589:かなみん（副）
最近、うちらのギルドに入りたいって人が多くおりますな。まぁほとんど選考で落としますけど。色物ギルドだって自覚はあるし、ロ

書き込む　全部　<前100　次100>　最新50

リっ娘ちゃん達の安全のためにも審査は自ずと厳しくなるよん。

590:かるぴ酢

>>577俺はそんなとき自分で作るよ。意外と簡単だし安上がりだと思う。できるなら。

591:こずみっくZ

人だかりあったから珍しく野次馬根性出した。
したら芸能人がキャピキャピしてるだけだった。
美味しい路上販売だと良かったのに。

592:中井

>>581それな。

593:密林三昧

>>583同志よ！！！！（がしっ）

594:つだち

みんな、そんなことよりロリっ娘ちゃん達が移動を開始したぞ！
この進路からきっと王都に行く！！！！！！
徒歩だから一緒に行くのは難しいかも！　ぐひぇ。

書き込む　全部　<前100　次100>　最新50

595:ちゅーりっぷ

【隠蔽】上げたい……。

596:もけけぴろぴろ

>>589

りょ。当たり前やん。

それにしてもお兄さん達も王都に行くのか……。そんなに日にち経ってないけど感慨深い（ほろり）

597:白桃

日曜日だって７時間ログイン余裕なんだぜ！　仕事休みだとなにして良いか分からないんだぜ！

598:iyokan

>>594な、なんだとぉぉぉぉぉぉ！！！！

599:sora豆

どうやって行こうかな。歩きより馬車のほうが自然……でも、お金足りるかなぁ。貧乏いやー。

600:焼きそば

>>594O・U・T・O！　O・U・T・O！

書き込む　全部　<前100　次100>　最新50

601:さろんぱ巣

俺は森の中を進みつつ、ロリっ娘ちゃん達をお守りするんだ！　森の中は魔物が多いけど気にしない！！

602:夢野かなで

私はブルジョワジーなので乗り合い馬車を使います！　冒険者の乗車賃は無料なのですよ！

603:フラジール（同）

>>594王都は目と鼻の先だ！　いくぞー！

604:ましゅ麿

最近ガタッてやらなくなったな。

605:コンパス

俺の健脚(けんきゃく)が唸(うな)りを上げるときがきたようだ。

606:棒々鶏（副）

>>604こんど皆でやる。たのしみにしてろ。

・

・

・

書き込む　全部　<前100　次100>　最新50

671:餃子

>>669まじここんとこ、料理ギルドめっちゃがんばってるよ。王都を中心に活動してて、あとギルマスがなんかライバル見つけたとかなんとか……？

672:sora豆

王都やばい。人多くてオロロロロロロロロ。

673:甘党

ここどこー？　見渡す限り森なんだけど！

674:kanan（同）

>>665のちの巨神兵である。

675:黒うさ

どうせなら俺らもＰＴ組んで闘技場攻略したいな。ロリコンの力を見よ！　的なｗｗｗｗ

676:もけけぴろぴろ

洋風のお城ってすごいんだね。自分、和風のお城しか見たことなかったからビックリしたよ。

書き込む | 全部 | <前100 | 次100> | 最新50

677:魔法少女♂
>>673自業自得って言葉知ってるぅ～？
今迎えに行ってあげるからそこ動くんじゃねぇぞ☆

678:空から餡子
都会ってこんな感じなのかなぁ……。歩いても歩いても人しかいない。でも歩きすぎて人いない！

679:氷結娘
>>671ふぇ～、なるほどね。目標となる人がいるってのはやりがいあるから良いかも。

680:NINJA（副）
うろうろしてるロリっ娘ちゃん達かわいいいいいい！
あ、ちゃんと周りに悪意を持ったやつがいないか確認してるでござるよ！　忍者の名は伊達じゃないでござるからな！
ふはははははごっほごほ。

681:つだち
のんびり観光してもいいな、王都。

書き込む　全部　<前100　次100>　最新50

682:白桃

>>678貴様もかブルータス！ｗｗｗ

徘徊は１日ギルド１人って決めたでしょおじいちゃんｗｗｗｗｗ

フレ登録してあるし街の中だから場所分かるし、迎えに行ってあげるよ。

683:iyokan

このうろうろ具合からすると、今日泊まる宿屋は王都一のところかな？

先回りして部屋取っとこ。

684:神鳴り（同）

>>680アッハイ。

685:つだち

あ〜、もぐもぐロリっ娘ちゃん達かわいい！

これだよこれ。

この幸せそうな姿が見たくてギルドに入ったんだ。

んん〜、俺も幸せだ。ロリコン万歳！

686:コンパス

>>680いつも通りのことですねｗｗｗ

書き込む　全部　<前100　次100>　最新50

687:黄泉の申し子

>>680むせてますがなw大丈夫？ｗｗｗ

688:密林三昧

かつてないほど迷子が多発している……。このギルドはなんなんだ。
ロリコンギルドだ（大興奮）

689:さろんぱ巣

>>681うんうん、王都は見るところいっぱいあるから楽しいよ。今度一緒に散策しようぜ。

690:中井

>>685ロリコン万歳！　ちょー万歳！

691:プルプルンゼンゼンマン（主）

とりあえず、ロリっ娘ちゃん達以外にも目を離しちゃいけないやつらがギルドにいるってのは分かった。

面白すぎだろ全く。

・

・

・

書き込む　全部　<前100　次100>　最新50

725:ヨモギ餅（同）
ここの宿屋も飛躍的に料理が美味しくなってる。この美味しさに慣れたら他の国行けないかもｗ

726:かるぴ酢
>>719
それキュウリ食ったほうがいいよ。ほらキュウリは利尿作用あるって言うし？　まぁ別にキュウリじゃなくても良いけど。

727:コンパス
ああ～夕飯食べているほっこりほっこり。

728:甘党
いっぱい魔物と戦ったからちゃんと寝ないと。

729:かなみん（副）
>>721今後のことはみんな揃ったらプチ会議して決めるからちょっと待っててね！
なかなかログイン揃わないんだけど魔法の言葉があるから大丈夫！！！！

書き込む　全部　<前100　次100>　最新50

730:餃子

>>726あついきゅうりのごりおし

731:夢野かなで

いっぱい食べるロリっ娘ちゃんが好き～。

732:焼きそば

>>719トマトとかいいんじゃないかな？　塩もかけて食べたら一石二鳥だし！　きっといいよ！

733:ナズナ

ロリっ娘ちゃんと合わせて徘徊するかなぁ。

734:プルプルンゼンゼンマン（主）

行き場のないこの高ぶる気持ち、闘技場でぶつけてこようと思います！　目指せ闘技場制覇！　防御力と生命力全振りだけどきっとなんとかなるぜ！

735:NINJA（副）

お、ロリっ娘ちゃん達はお外にお出かけでござるな。戦闘はもう大丈夫そうだけど、レアレイドが出るかもしれないからちょっくら護衛するでござる！

書き込む　全部　<前100　次100>　最新50

736:魔法少女♂

>>728主に自業自得だぞ☆　この野郎☆☆★

737:もけけぴろぴろ

もふもふの動物ってなんでこんなに可愛いんだろう。
一回でいいからあのもふもふに顔を埋めたい。
わしゃわしゃしたいよー！！！！

738:魔法少女♂

>>731いっぱい食べるみんなが大好き～。

739:黄泉の申し子

>>734それフラグっすよギルマスｗｗｗｗ

740:神鳴り（同）

猫又（ねこまた）ちゃん達のレベリングしてるのか。
不可視（ふかし）の魔法とかマジ怖い。
俺達は魔法を勘（かん）で避（さ）けるなんてことできない。
避けられたら人間辞（や）めてるってｗ

741:棒々鶏（副）

とりあえず、ロリっ娘ちゃん達ログアウトしたら自分達もほぼ解散

書き込む　全部　<前100　次100>　最新50

で。まぁ言うだけ言っとく。

742:氷結娘

>>733君まで迷子になってくれるなよ？　面白いけど心配しちゃうからね。

書き込む　全部　<前100　次100>　最新50

解散と宣言されても、数名が抜けるだけで、引き続きぽつりぽつりと書き込まれていく……。

◆　◆　◆

清々しい朝を迎え、朝食を食べてからしばらく経ったあと、俺は廊下に鶲と一緒にいた。

フリーマーケットの準備なんだけど、簡単にでもちゃんと確認しないとな。

「編（あ）みぐるみ、布、もろもろ、大丈夫。うんうん」

「あまり心配はしてないけど、端折りすぎじゃないか？」

「ん、大丈夫。メモ取ってるから」

「い、いつの間に……」

朝食が終わってリビングにずっといたのに、いつの間にメモを用意する暇があったんだ。

もしかしてゲームの中だけじゃなくて、現実でも……なんだっけ？　アサシン？　を目指しているんだろうか。

鶲の頭を軽く撫でてリビングに戻ろうと振り返った。

するとリビングの扉が少し開いていて、どこかの家政婦よろしく、こちらをじっと見る雲雀がいた。

で、俺が近づくとササッと逃げてしまった。

気になってコソコソするなら、一緒に来れば良かったのに。

コソコソが楽しいのか？

まぁ本人が楽しいならいいやと結論付け、リビングに入っていく。

何事もなかったように、すました顔してソファーに座る雲雀を見たら笑いが込み上げてきて、鶺と声を揃えて笑った。

あまりに面白かったので、しばらく再起不能だったことを記そう。

こんなに笑ったのは久々かもしれない。

笑ったあとの目尻に残る涙を拭いつつ、雲雀と鶺が何か言い出す前に切り出した。

「とりあえず、今日のログインは夜だけな。明日はフリーマーケットもあるし」

「そっ、そうだね！　そう言えばそうだった！」

ゲームくらい、と思うかもしれないけど、充実感というかなんというか、そんな感じで意外と疲れるからな。

「む、今日のログインを少なくすると、明日のログインはボーナスがつく？　太っ腹な感じで」

「ん？　んん～、そうだなぁ……」

鶲が妙案を思いついたというような顔で言い放った。

雲雀はそれを聞き、顔を輝かせているけど、俺としてはどうしようか悩むところだ。

ログインボーナスか……良い子の妹達に、少しくらいオマケしようかね。

「じゃあ、今日のログインは1時間だけ。その代わり、明日は少し長めにログインしてもいいぞ。ん――……どれくらいなのかは、明日になってから決めような」

意外と悩んでしまったので、後回しっぽくしておいた。

ボーナスをあげないとは言っていないので、ブーイングもない……と思いたい。

「分かった。明日のために英気を養うよ！」

「ん、今日はちょっとした視察。寝る前に雲雀ちゃんと考えたから、やりたいことする」

俺の言葉に何度も頷きながら雲雀が元気よく片手を上げ、鶲がどこか不敵な笑みを浮かべた。

「だったら、今日はゲームしなくても……」

「それはない！」

「ん、ないない。ログインする」

だったらと半笑いで提案したら、瞬時に表情を一変させた妹達が、必死に否定してくるので、また笑ってしまった。

冗談半分であって、意地悪ではないからな。そこは安心するように。

とまぁそんなことをしていたら夜を迎え、今日は食事の前をゲームの時間に当てることにした。

今日は2日（現実世界の1時間）しかログインできないけれど、手を抜くつもりはないらしいぞ。

ヘッドセットを被り、横についたボタンを押す。

◆　◆　◆

意識がはっきりしてきたら、伸びをする２人を放っておき、いつも通りウインドウを開いてリグ達を喚び出した。

飛びついてきたリグ達をなだめつつ、噴水のすぐ前にいると邪魔になりそうなので移動し、もう何度座ったか分からないベンチに座る。

順番に並んで、次々に自らの頭を差し出してくるリグ達ペットを撫でながら、不意に思い出したことを緩んだ表情の２人に問いかけた。

「そう言えば、聞くの忘れてたけど今日の予定は？　もう決まっているんだよな？」

「うん、もちろん！」

「ん、大丈夫。２日しかなくても、満足してログアウトできるプランを考えてある。任せて」

ヒバリが心配になるくらい勢いよく首を振って肯定し、ヒタキがピシッと親指を突き出してグッジョブポーズをする。

……まぁ自信満々なので大丈夫かな。

なぜか撫でても撫でても終わらないペット達の列を見てみると、撫で終わったら列の後ろに並び直すということを繰り返していた。

双子に集中していたから気づかなかった。

もう一周だけだと言い含め、ようやく撫で撫でを終える。

いや、ヒバリもヒタキも並ぼうとするのはどうなんだ？

思わず自分の頭を自分で撫でて心地よさを確かめて見るも、よく分からず首を捻ってしまう。


「王都を満喫するのは明日にして、今日はちょっとしたクエストを受けに行こうと思います。いぇい！」


ブイサインをドヤ顔でしているヒバリに神妙な顔で頷く俺。

小桜と小麦を2人に任せ俺はメイの手を握り、皆でギルドへ足を向ける。

その途中でヒタキの今受けようとしているクエストの説明を受けた。


「小さな落とし物クエストだけど、広大な王都で見つけるのは至難の業……でもない。でもやりがいある。報酬、可愛いらしい」

「う、うぅ～ん？」

よく分からんところがあったので、思わず唸ってしまった。

俺も変な癖がついてきたような気がするな。

目的の場所は噴水広場の目の前にあるので、話しているうちに、すぐギルドにたどり着いた。

今日はラッシュ時とズレていて、空いているぞ。

いかつい冒険者達の筋肉祭りに巻き込まれて、押しくら饅頭となる危険はないから安心するように。

比較的空いているギルド内に入り、その中でも人が少なかったクエストボードに向かう。

クエストボードの大きさに対し用紙の数が少なく、探すのも楽だろうと思っていたら、逆に目的のクエスト用紙を見つけるのに苦戦してしまった。

「あ、これだ！」

ギルド中に聞こえそうな声でそう言って、俺に用紙を突き出してみせるヒバリ。

彼女をなだめ、用紙を受け取った俺はそれをしげしげと眺める。

ヒバリが元気に握っていたせいで、少し用紙がくしゃくしゃになってしまったが、伸ばせばなんとか綺麗だな。

うん大丈夫、大丈夫。

【おとしものさがし】

【依頼者】れなーど（NPC）

このあいだまちにいったとき、だいじなものをおとしました。まちのなかしかいってないので、まちにおちてるとおもいます。さがしてください。

（※落とし物は親指の先ほどの小さなロケットペンダントです。色は金、鎖は銀。小さく見つけ辛いとは思いますが、よろしくお願いします）

【条件】とくになし。

【ランク】E～F

【報酬】げんぶつしきゅう

あ、これは大捜索になる予感。

ヒバリとヒタキがやる気満々だからいいんだけど、王都中を探すのは骨が折れるかも。

条件はとくにないから、見つけられなくても、とくにこちらが損をするわけじゃない。

でも、困っている人がいるなら、探し出してあげたいよなぁ。

キラキラした目で俺を見つめてくる２人に苦笑して、クエスト用紙を受付に持っていき何事もなくクエストを受ける。

受けたのを確認していた妹達が今にも探しに出発してしまいそうだったので、引き止めて、とりあえず噴水広場で作戦を練ろうと提案した。

俺の提案は素直に受け入れられ、ギルドから噴水広場に場所を移して、空いていたベンチに皆で腰を下ろす。

「なぁ妹達よ、適当に探してもこのクエストは達成できないと思うんだ。ちょっと考えようか？」

「そ、そうだね。考えないと……」

２人に視線を向けゆっくりとした口調で問うと、興奮気味だったヒバリが素直に謝った。

「というか、ヒバリ達は何か策を考え――」

「ローラー作戦！」

ヒバリの元気な声に俺は「あ、はい」としか言い返せない。

かすかに肩を震わせて笑いを堪えながら、ヒタキが俺の肩にポンッと手を置く。

なぜヒタキに慰められているのか分からないけど、とりあえず礼を言っておこう。

確かに、3人で手分けして探すというのもありかもしれない。

でも迷子という敵がいてだな、それは魔物より難敵と思っていい。

いや待てよ、でもやっぱり、いや、うーん。

これだけ巡視の兵士がいるのなら双子が絡まれる可能性は低いし、何事も経験というから、やってみてもいいかもしれない。

だんだん、ヒバリの案が良く思えてきた。


「んー、ローラー作戦のほうがいいのか？」


そんなことを2人に伝えると、すぐに肯定されたので、本当にちゃんと考えているのかと思い、苦笑が漏れてしまう。

んで、度重なる協議の結果、ヒバリと小麦、ヒタキと小桜、俺とリグとメイのグループに分かれ、王都の中を歩き回ることになった。

スキル【キャットウォーク】で悪路も行ける猫又を連れた双子は、細めの路地を中心に探す。

俺は気の赴くまま、迷子にならないよう、リグとメイを連れて大通り中心を探す。

なんだかお兄ちゃん、１人で色々考えすぎな気がしてきたから、悩まないようにしたよ。


「じゃあ、ちょっくら行ってくるね！」

「危ない場所には近づくんじゃないぞ？　あと、依頼は街中なんだから外に出たりするなよ？」

「ふふ、大丈夫だよ。ツグ兄も気をつけてね」


俺達は軽い言葉を言い合うと各々背を向け、のんびりと歩き出した。

今は人通りが多くなく、割合としてはＮＰＣのほうが多い。

人が増えて、流されるまま歩くことしかできなくなる前に、あらかた見て回りたいな。

今の時間帯は大通りを探して、人が多くなったら路地裏に行けば、効率がいいはずだ。

ヒバリとヒタキのことが気になったらチャットで聞くか、スキル【視覚共有】を使って、小桜や小麦の目を借りればいい。

俺のことをチラチラ見上げながらついてくるメイの頭を撫で、俺は口を開く。

「なぁリグ、メイ、俺達の言っていたことは理解できてたか？」

(｀・w・´)

「シュッシュ」

(*´ェ｀)b

「めめっめ、めめ」

「なら話は早い。ヒバリとヒタキより早く見つけて、ちょっと見直してもらおうか」

元気な返事をもらったので、よしと頷きメイの歩幅に合わせて歩いていく。

落とし物のある場所に当てなんてないから、当てずっぽうだけどな。

隅っことか子供が好きそうな場所を重点的に行けば、ワンチャン？　もあると思ってる。

「とりあえず、まずは大通り中心に見ていくか」

(*￣ェ￣)ゞ

「めっめ、めめめっめ」

途方もないクエストだけど、やらなきゃ見つからないからな、気合いを入れてがんばるさ。

俺の頭の上で楽しそうに身体を揺らしているリグの背中をポンポンと撫で、メイの手を握り直し大通りをキョロキョロ見渡す。

道ばたに簡単に落ちてたらいいなぁ。

ゆっくり歩きながら大通りの隅っこを探すも、短時間では全く成果を得られない。

可愛らしいリグやメイのおかげなのか、こんなに怪しい動きをしているというのに、ＮＰＣの人達からなんだか微笑ましい視線を向けられているような？

怪訝な視線よりかはマシだから、恥ずかしいけど放っておこう。

露店の人、王都を巡回している兵士、井戸端会議をしている主婦の方々、様々な人がいるので落とし物のことを聞いても収穫はなし。

あと2時間くらいしかないけど、「昼になったら噴水広場にいったん集合」って伝えてあるし、もう少し遠くに行ってみるか。


「……ん？　あれは？」

「シュシュ？」

（・w・？）

徘徊していた俺達は、いつの間にか冒険者には用のない、住民街の通りにやって来ていた。

こちらの通りは冒険者の姿が全くといっていいほど見受けられず、住民ＮＰＣで賑わっている。

そんな中、明らかに冒険者ですよ！　といわんばかりの俺は、目立って仕方ない気がする。

俺はこの先に用事があるんですよ、という空気を必死に出しながら先に進んでいく。

曲がり角を曲がると、木を見上げていたり、必死にピョンピョン飛び跳ねていたりする子供達が見えた。

気になって木に近づき子供達と同じように見上げると、子猫のような生き物が、細い枝にしがみついていた。


「あれは、降りられなくなっているのか？」

『あっ！　冒険者の兄ちゃん！』

『あれじゃないよ！　ノンちゃんだよっ！』

『ノンちゃん、わたしたちがいきなりきたからおどかしちゃったの！　こわくておりられなくて、ノンちゃんたすけてほしいの！』

『ノンはおくびょうなのに、うぅ……』

『オレのたからものあげる！　ノンたすけて！』

『私も！　あげるからたすけて！』


一番背の高い年上そうな子に話しかけ現状を聞き出そうとすると、俺に気づいた子供達が一斉に話しかけてきて、それどころではなくなってしまった。

だが長年培(つち)ったお兄ちゃん力をもってすれば、どうにか聞き分けられた。

つまり臆病な性格のノンちゃんが子供達の元気さに驚き、一気に木を駆け上がったものの、降りられなくなった……と。

妹達の小さいころを思い出して、できるだけ手伝ってあげたい。

「落とし物は探さないの？」と言われたら答えに窮してしまうが、困っている人を助けるのは大切なことだろう。

「リグとメイに手伝ってもらえば、助けられるかな」

リグとメイにチラッと目を向けると、「任せてくれ！」と言わんばかりの顔文字を見せたので、きっと大丈夫だ。

俺が必死になって木に登ってもいいが、ノンちゃんは子供にすら怯えているのだから、もっとびっくりさせてしまう可能性がある。

リグは一番小さいし、威圧感は与えないのは確かだろう。

小さな手足のメイに登らせるよりは、俺としても安心だな。

「リグ、ちょっと登って様子を見てきてくれないか？　可能なら説得してきてくれると助かる」

「シュッ！　シュシュ！」

d(｀・w・´)b

頭の上でノンちゃんを見上げているリグにお願いすると、元気の良い返事が戻ってきた。

リグは勢いよくピョンッと木に飛び乗り、素早く登っていく。

その間、こっちはこっちで準備をしよう。

やれることは少ないいんだけど、とりあえずインベントリを開いて、大きめの布を取り出した。

もしかしたらノンちゃんがリグに驚いて、木からダイブしてしまうかもしれない。そうなった場合に受け止めるためだ。

メイと一緒に広げて……いや、一番背の高い子供に手伝ってもらうことにしよう。

バッと布を広げて、ノンちゃんの真下に移動する。


「ううん、リグは大丈夫だろうか?」


ゆっくり近づいて、モゾモゾ動いているように見えるリグ。

なにやら話しているような気もする。

木々の合間から見えるだけなのでよく分からん。ハラハラしても仕方ないかな。

そんなことを思っていると、元気な音を立てて、いきなりウインドウが開いた。

REAL&MAKE
リアル アンド メイク

【特殊イベント発生！】
＊子供達の依頼を聞き、木の上にいるノンちゃんを助けてあげよう＊

こちらの特殊イベントは完全ランダムとなっております。開催期間、ノンちゃんが自力で降りてくるまで。承諾しなくても問題ありません。

【達成報酬】
子供の宝物、子供の宝物２

【承諾しますか？】
【はい】【いいえ】

REAL&MAKE
リアル アンド メイク

もう、忙しいのに突如（とつじょ）として出てくるのはなんだ、と思いつつ【承諾（しょうだく）】を押す。

すると突然、名無しのメッセージ（?）が飛んでくる。

ただ一言「ごめんネ☆」。

……これ、知ってる。

世界を創（つく）った女神、エミエールがうっかりしたときに送ってくるメッセージ、だったかな。

女神様はゲームの運営を任されている人工知能の1人で、ゲームの世界を創造した一番偉（えら）い神様でもある。

大ざっぱに言うと、彼女はドジっこらしい。


「お？　おぉ？」


メッセージに気を取られていると、木（こ）の葉があり得ないくらいガサガサし始めた。

ハラハラしている子供達とその場所を凝視していたら、ニュッとリグの糸に巻かれたノンちゃんがゆっくり降りてくる。

ポスンと小さな音を立てて、俺達が広げた布の真ん中に着地して、初めてノンちゃんの全身を見ることができた。

一言で言うなら、真っ黒い毛玉としか言いようのない姿をしている。

毛兎という種類の動物らしい。Ｒ＆Ｍでは、犬猫より人気の飼育動物とのこと。


『冒険者の兄ちゃん、ありがとーっ！』

『よかったー、ノンちゃん無事でよかったよー』

『ありがとー！』

『ノンちゃんよかったよかった！』


布の上で大人しくしているノンちゃんをそっと抱き上げ、喜んでいる子供に手渡す。広げていた布をインベントリにしまい、木を見上げ手を広げると、勢いよくリグが俺の胸に飛び込んできた。

リグはとても軽いので、飛び込んできても受け止めるのが楽でいい。

俺に礼を言うテンション高めの子供達にどう対応しようかと思案していると、一緒に布を持っていた子と、年長の子供が一歩進み出た。

そしてガバッと頭を下げると、他の小さな子達も真似をして頭を下げる。

顔を上げた２人が俺に向かって手を差し出し、声を張り上げた。

『これ、ノンちゃんたすけてもらったおれい！』

『お兄ちゃん、うけとって！』

【小さな楕円形のガラス片】
角が取れて楕円形になったガラス片。透明度が低く商品としての価値はないが、空にかざすとキラキラ光る、子供達の大事な宝物。

【綺麗な桜色の小石】
よく道端に落ちている小石だが、これは少しだけ珍しい色をしている。大人にとっては道端に落ちているただの小石でも、子供達には大事な宝物。

ここまで子供にとって大事な宝物なんですよ、と言われたら、もらうのをためらってしまう。

遠慮しようとしても、子供達の熱い視線が俺には眩しいので、受け取る以外の選択肢はないけど。

2人から宝物を受け取ると、久しぶりに聞き慣れた音が鳴った。

【特殊クエスト完了！】
子供の頃の宝物は大事にしたいものですね！

【リグに追加称号】

『ノンちゃんの友達』……毛兎とスパイダーの友情は珍しい。種族の壁を取り払った称号。


お？　おおおぉぉ？　なんだこれ？

なんだか良いことを言われた気がした瞬間、追加テロップみたいなものが表示された。

スターテスが上がるなどの特典はないものの、とても素敵な友情の称号をもらったな、リグ。

しばらく子供達とおしゃべりをしていると、木製の脚立を担いだ大人が現れた。

しかし俺……というかリグが助けてしまったので、申し訳ないけど活躍の場はもうない。

それでも、早く助けてくれてありがとう、と笑顔で言ってくれて、とてもいい人だった。

俺が心からホッとしたのは内緒だ。

手を思いきり振りながら帰って行く子供達と、引率の大人達に別れを告げると、俺はウインドウを開く。

そして、今の時間を知って固まってしまった。

もう少しで集合時間になるだけではなく、ヒバリから『例のブツが見つかったＹＯ！』というメッセージが来たことに気づいたのだ。

よ、よう？

「……ええと、『こっちはリグに友達が増えました』と返信すればいいか」

(・w・?)

「シュシュッシュ？」

ちゃんと説明するのは合流してからでいいやと思った俺は、一応メッセージを送りつつ、子供達にモフモフされて大変そうだったメイの手を握って歩き出した。

できれば早めに集合場所に行って、話す準備をしておこう。

★ヒバリ視点★

ちょっとだけ薄雲のかかった綺麗な空の下、私と可愛い小麦。

手分けして探しているけど、最初にロケットペンダントを探し出すのは私だ。

いつもおっちょこちょいっていうか、抜けてるって言われるから、ここで見返さないと！

私は気合いを入れるため、腕の中にいる小麦に話しかける。

「小麦、がんばろうね！」

「んにゃにゃっ！」

すると小麦も元気な鳴き声を返してくれた。

ツグ兄ぃが言うには、テイムしたペットの頭上には顔文字が出るみたいなんだけど、私はテイマーじゃないから見れないんだよね。

……じゃなくて、依頼依頼。

落とし物のロケットペンダントは、ペンダントの部分が親指くらいの大きさで、色は金色。

鎖の色は銀らしい。

ローラー作戦が楽そうだけど、さっきそう言ったらツグ兄ぃが変な顔してたし、違う方法を考えてみようかな。

とは言ってもややこしいのは嫌いだから、できることは限られてるけどね。

一番簡単そうなのは、人から情報を集めることかな？

そういうのは得意だよ。

あたりをキョロキョロしながら歩いていくと、井戸端会議をしている中年の奥様方がいたので、小麦を地面に降ろして近づいていく。

「あの～、お時間よろしいですか？　聞きたいことがあるんですけど」
『あぁいいよ。なんだいお嬢ちゃん？』
「ギルドのクエストで探し物をしてるんですが、これくらい小さなロケットペンダント……」

私が声を掛けると、奥様方はにこやかな笑みを浮かべ、話を聞いてくれた。

『ううん、ペンダントねぇ……』
『価値のありそうなものは盗られちゃうかもしれないからねぇ。見つかるといいんだけど』
『おばちゃんは見たことないよ、ごめんね』

真剣に私の話を聞いてくれたんだけど、見たことないみたい。
やっぱり、そう簡単には見つからないね～。

奥様方に別れを告げ、地面を探しながら小麦と一緒に歩き出す。

依頼書には「おとした」って書いてあったっけ。
だからやっぱり道の隅っこに落ちているか、もしかしたら悪い人が持って行っちゃったか……。

「うぅ～、ひぃちゃんに聞いてみよ」

私がグルグル考えていても、いい案なんて出てくるはずがない。
ひぃちゃんはどうしているのか、ちょっと聞いてみよう。
道の隅に移動してウインドウを開く。
ポチポチッとチャットボタンを押せば、ひぃちゃんはすぐ応えてくれた。
ちょうど座れそうな場所があったので、小麦を膝に乗せ、座り込んでポチポチ。

ヒタキ：どうしたの？
ヒバリ：ちょっと探しもの行き詰まった
ヒタキ：なんという驚きの早さ
ヒバリ：そりゃ早いとは思うけど。それより、そっちはいかがですか？　ヒタキ隊員。
　こっちは井戸端会議中の奥様方に聞き込みしたりしたんだけど、イマイチ

ヒタキ：こっちもこれといった進展はない。王都で小さい物を見つけるのはとっても難しい

ヒバリ：うぅ、そうだよねぇ。親指くらい小さいのなら隙間に落ちてたりしないかな？

やっぱ、ひぃちゃんもとくに成果はないか……。

まだ別れてから、そんなに時間経ってないからなぁ。

ツグ兄ぃにも聞いてみようかな。

そんなことを考えていたら、沈黙（ちんもく）していたひぃちゃんとのチャット画面に、新しい文字が現れた。

ヒタキ：隙間と言えば、道の端に排水溝（はいすいこう）あったよね？

はいすいこう……。

私はそう呟き、数秒思考停止してから、バッと道の端に目をやった。

全然気づかなかったけど、確かに排水溝みたいなのがあるね！

そっか、皆が探しているのに見つけられないのはドブの中だからかも……。

ヒバリ：ひぃちゃん、私やるよ！
ヒタキ：ま、まさか……そんな！
ヒバリ：聞き込みしても探しても見つからないなら、排水溝を探すしかないじゃない！
　ペンダントは小さいし、鎖が切れて落ちたのかも。アテが外れるかもしれないから、ひぃちゃんはそのまま探してて。１人でがんばる
ヒタキ：うん
ヒバリ：うぉ、即答⁉
ヒタキ：がんばって。ツグ兄も多分がんばってる

ひぃちゃんに「了解」とだけ返信すると、チャット画面を閉じた。

体力勝負のやり方のほうが、あんまり難しく物事(ものごと)を考えない私に合ってるもんね。

あれだよ、レベルを上げて物理で殴るみたいな？　そんな感じ。

排水溝とは言っても、汚水(おすい)じゃなくて雨水や泥(どろ)、木の葉が溜(た)まっているだけだと思う。

それでも、きっとすごい臭いだから先に小麦に謝っておいた。

すりすりしてくれる小麦とちょっとだけ遊んでパワーを補充(ほじゅう)し、私は気合いを入れる。

「よぉし、端から端まで開けちゃうぞ☆」

「にゃんにゃ～」


無理矢理テンション上げていると言われたら、それは否定できないかも。

でも大事な宝物を落としちゃって、悲しんでる子のためだもんね。

その子のためなら、ヒバリお姉ちゃんはひと肌でもふた肌でも脱ぐよ！


いつも通学路で見る排水溝の蓋より小さくて、持ち手になりそうな穴も大きめのが開いてるから、私のスターテスなら余裕かな。

ツグ兄ぃだったらちょっとヤバいかも。

あ、不審者には思われたくないから、ちょうど近くを歩いていた兵士の人に事情を話しておく。

さて、いざ出陣じゃいっ！

ご開帳とばかりにひとつ目の蓋を持ち上げると、やっぱり水と泥と木の葉で、３分の１くらいが埋まっていた。

臭いは思ったほどじゃないけど、小麦が一歩後ずさったくらい。


「……よ、よしっ」

私にはゲームのリアリティ設定という必殺技がある。まぁ、ツグ兄ぃが設定する権限を持ってるんだけどさ。

とりあえず汚れることはないから、臭いだけ我慢して、「ずえりゃあっ」と心の中で叫び、泥の中に手を突っ込んだ。

グチョッと嫌な音がして手が呑み込まれ、ひんやりした温度が伝わってくる。

粘着質なこの感触、泥んこ遊びしてツグ兄ぃに怒られた小さいころを思い出すよ。

しばらくまさぐっていても、木の葉、小石といったものには手が当たるんだけど、これだ！　って感じがない。

「んん～、次行ってみよう」

「んにゃうにゃ！」

これ以上同じ場所を探しても見つからない気がしたので、私を待っている次の排水溝へさっさと移る。

ふたつ目の蓋に手をかけ、勢いよく開けていく。

はぁ……なるべく早く見つかるといいなぁ。

ＮＰＣの見物人がどんどん増えてるような気がするけど、絶対に気にしちゃいけない。

見せ物じゃないいんだからね！

お宅拝見(はいけん)よろしく、排水溝の中を次々と覗いていく私。

そして、どんどん距離を取っていく小麦。

ＮＰＣに混じって私を見物していたプレイヤーも、同じように離れていってるかも。

内心で「お金取るぞ！」と叫びつつ、もう何ヶ所目になるか分からない泥の中に手を突っ込んでいると、これまでと違った感触があった。


「お？　おぉ？」


排水溝なんて王都の至るところにあるし、半分くらいは諦(あきら)めてたんだけど、これはもしかするともしかしちゃうかもしれない！

粘着質な音をさせながらソレを引き上げると、すっごい泥だらけで汚れてるけど、親指くらいのペンダントと細めの鎖が目に入った。

「あ、あっ、あ、あったぁぁぁあぁぁっ！！！」

興奮してしまい、思わず泥だらけのペンダントを高く掲げて、私のことを楽しそうに見学していた周囲の人に見せつける。

なんだかよく分からん、って顔をしてる人達が多いけど、それでも皆拍手してくれたよ。

これ、素に戻ったらめっちゃ恥ずかしいやつだ！

でもどうにかそのテンションを維持したまま、インベントリにペンダントをしまい、その場を小麦と一緒に離れてチャットを開く。

ヒバリ：例のブツが見つかったＹＯ！
ヒタキ：おめでとう。ヒバリちゃんならやれるって信じてた
ヒバリ：ひぃちゃんｗｗｗ

しばらくすると、ツグ兄からもチャットが入った。

ツグミ：こっちはリグに友達が増えました

……ん？　え？　はい？

き、気になるメッセージだけど、もう少しで待ち合わせ時間になるし、そのときに聞いたほうがいいよね。

私は達成感に満ちあふれた気持ちで、待ち合わせの場所の噴水広場へ駆けていった。

「ツグ兄ぃ〜っ！　さっきのメッセージなに⁉」

「ツグ兄、意味、説明ちょうだい」

しばらく歩き噴水広場に到着すると、先に来ていたヒバリとヒタキが俺を見つけて駆け寄ってきた。

そんな彼女達を笑顔でなだめすかして、空いているベンチに腰掛けると、事の顛末を順に説明した。

念のため、最初はペンダントを探していたんだ、ということを強調して。

物分かりのいい優しい妹達はすぐに理解してくれ、リグにグッジョブポーズを向けつつ、何度も首を縦に振って納得してくれた。

怒られるようなことはしてないし、むしろ褒めてくれると思ってはいたけど。

結果は予想通りでした。うん。

俺の話が終わると、小麦を肩に乗せたヒバリが、手のひらの上にペンダントを載せて大事そうに見せてきた。

「うふふ、これが依頼のペンダントだよ！」

確かに、クエスト用紙に書かれていた姿形と一致している。

アイテムの説明文を見れば確信できるかもな。


【レナードのロケットペンダント】

レナードが生まれたとき、両親から贈られたロケットペンダント。ロケットの中には、仲良く微笑むレナードと両親の写真が入っている。


よし、これで間違いないな。

ロケットの中身まで見ようとは思わないけど、両親との写真が入っているなら、そりゃ誰だって必死に探そうとするよな。

説明文を読んだだけで、依頼主の事情を覗き見してしまった気分で、ちょっと申し訳なく感じた。

いや、今は自己嫌悪に浸るより、早く持っていってあげよう。


「じゃあ、さっそく依頼主に……」

「あっ⁉　あああぁぁあんにゃろーっ！」

「……っ！」


一瞬の出来事だったので、俺は反応することができなかった。

ロケットペンダントを持っていたはずのヒバリが、それを奪われたらしく、大声を出して空を睨んでいる。

俺が同じ方向を見ても、もはや黒い影しか見えなかった。

気を抜いて【気配探知】をしていなかったと、目に見えて落ち込むヒタキを慰め、俺達はペンダント泥棒を捕まえることを誓う。

とはいえ、あの一瞬でヒタキは【気配探知】のマーカーとやらを泥棒に付けたので、居場所を見つけるのは簡単だという。

「目標はカラスのような小型の魔物。今は王都内にいるけど、外に出る可能性もある。追いかけ回すより、私達が散開して、徐々に包囲網(ほういもう)を狭(せば)めるといいかも」

「……つ、つまり？」


ウインドウを開きつつヒタキが話している間、ヒバリは難しい表情をしていた。が、理解はできなかったらしく、表情を変えないまま俺に問いかけてくる。いつも通りのヒバリでなによりだ。


「さっきみたいに俺達が散って、あの魔物をじりじり追いつめて、一気に迫(せま)って取り返すってことだよ。簡単に言うと、指示を聞く、追いかける、捕まえる、ＯＫ？」

「それなら簡単！　ＯＫＯＫ、任せて！」


本当に分かったのかどうかは疑問だけど、指示すれば大丈夫だと思いたい。

さて、カラスの魔物は円を描きながら飛び、徐々に王都を離れようとしているらしい。外に逃げても夜にさえならなきゃ追いかけられるので、３方向から包囲すれば……。

いや、それでも捕まえるのは難しいんじゃないか？

「論より証拠、まず足で稼ぐ。ツグ兄はこっちからで、ヒバリちゃんは向こうのほうから……」

「りょ！　行ってくるよ、すたこらさっさ～」

ヒタキに元気よく返事をして、肩に小麦を乗せたままヒバリは走り去ってしまった。

俺とヒタキは顔を見合わせたが、仕方ないのでそれぞれ反対方向に歩き出した。

うまくいけばいいなぁ。

カラスの魔物は空高くを飛んでおり、今はどうすることもできない。

さすがにリグの糸も届かないし、リグを放り投げても……って、可哀想だからやめよう。

「どうしたものか……」

魔物に興味津々なリグとメイにその監視を頼みつつ、俺はウインドウを開いて、ヒバリとヒタキにチャットを打つ。

２人とも準備は出来ているのだが、同じくやきもきしているようだ。

下りてくるまで待つしかないのか。

チャットウインドウを閉じ、空を見上げ「困ったなぁ」と小さくボヤく。

魔物に合わせゆっくり歩いていると、不意に服をちょんちょんと引っ張られた。

視線を下げると、ドヤッとした表情のメイが仁王立ち(におうだ)していた。

(＊´ェ`)b

「めめっ、めめめめ！」


メイはもこもこした胸元から黒金(くろがね)の大鉄槌(だいてっつい)を取り出すと、リグのことをジッと見ている。

まさかリグを打ち上げるつもりなのか……？

俺は嫌な予感がして、首を何度も横に振った。

一瞬でも放り投げようかと考えた俺に、メイのことをとやかく言う権利なんてない。

けれどさすがにシャレにならないので、やめておこうか。

俺が顔の前でバツ印(じるし)を作ると、残念そうな顔文字がメイの頭上に出た。

当のリグは事態が呑み込めていないらしく、俺の頭上で首を傾げている。

うん、可愛い。

「あ、移動してるな。行くぞメイ」

「めっ！」

カラスの魔物は少し高度を落としたように見えた。

メイに声を掛け、手を繋いで歩き出す。

お昼を少し過ぎたくらいの時間で通行人も多いので、ぶつからないよう気をつけないと。

それからしばらく、ちょこちょこヒバリ達とチャットをしつつ、ペンダント泥棒を追い続けたが、状況は変らなかった。

魔物は相変わらず空を飛んでいて手出しできないし、とうとう王都の外に出てしまった。

このまま外についていきそうな妹も1人いるので、俺達はいったん正門に集合することに。

もう一度、作戦を練り直す必要が出てきたからな。

きっと巣があるはずだし、そこに帰ったところを狙(ねら)ったほうが楽かもしれない。

「あっ、ツグ兄ぃこっちこっち！」

マップ機能を活用すればいいんだろうけど、俺はまだ慣れておらず、どうしても目視(もくし)に頼りがちになってしまう。

大体ヒタキが俺を見つけてくれるんだが、今回はヒバリが見つけてくれたようだ。本人には言えないけど。

片手を思いきり振っている姿は、まるで飼い主を見つけて嬉しがる小型犬だな。


「ツグ兄、あそこにカフェがある。そこに入って作戦会議。チーズタルトが絶品(ぜっぴん)」


2人と合流し、俺が小桜&小麦の頭を撫でていると、ヒタキが視線でカフェを指し示した。

かなり繁盛している様子だが、それでも人が多くて入りづらいといった印象はない。


「あぁ、分かった……え?」


いい場所を選んだな、と頷きかけたものの、ヒタキの最後の言葉に、思わず素っ頓狂な声を出してしまった。

もしかして、チーズケーキを食べるのが目的なんだろうか?

決して俺と視線を合わせようとしないヒタキに苦笑しつつ、小麦やメイと遊んでいたヒバリも連れて、カフェに足を向けた。

リグ達も店内に入っていいか聞くと、「ペットの同伴はもちろん大丈夫です!」と返される。

案内された席で、テンションの高い店員さんに注文をする。

チーズタルトを食べて一息つくと、本題を話し合うべく、ヒバリとヒタキに視線を向けた。

カラスの魔物はもう王都の外に出てしまっているが、どうやら特定の場所でじっとしているらしい。

おそらくそこが巣なので、そっと近づいて取り返せばいいと、ヒバリ先生はお考えのようだ。

まぁそれはそれで難しいから、作戦は練らないといけないかも。


「ふぉふぃあふぇひゅ、いっへひはいほ」

「うん。がんばって捕まえないとね」


また食べ物を口の中に入れたまましゃべるヒバリ。

何を言っているのか分からないが、どうしてヒタキは会話できるのだろうか。

俺は苦笑しつつ、綺麗に食べ終えてから席を立った。


「じゃあ、さくっと行こうか。本当に巣にいたら良いけど、違うかもしれないし」

「ひょはいっ！」

早くしないとまた場所を移動するかもなので、早歩きでヒタキに案内してもらう。

カラスの魔物は王都の近くにある森の中にいた。

俺達は王都から延びる舗装路から離れ、森に分け入っていく。

「……森、暗いから気をつけて。敵は魔物だけじゃない。木の根も十分敵になりうる、から」

ヒタキが俺達にだけ聞こえるくらい小さな声で言い、少し背を屈めた。

背を屈めると、魔物に気づかれなくなるらしい。俺には真似できない芸当だ。

なので、こういうときはきちんと大人しくしているヒバリと肩を並べて歩いていく。

リグは俺のフードの中で、メイは俺の隣。ヒタキに先行してもらういつもの陣形だ。

しばらく進むと、ヒタキが動きを止めてこちらを振り返った。

どうやら目的地まで来たらしく、口に人差し指をあてがい、静かにというポーズを取る。

その指を上に動かし、とある木を示しているんだが、俺にはよく分からなかった。

ヒバリも俺と一緒だったらしく、難しい顔で首を傾げている。

「……上にいる。リグに木登りしてもらって、話をつけるかペンダントを取り返す」

(｀・w・´)

「シュシュッ！」

俺とヒバリが役に立たないと分かったらしいヒタキは、リグに話しかけた。

計画自体は先ほどノンちゃんを助けたときと大差なさそうだけど、ここは魔物がいる森で、しかも相手も魔物だから、ちょっと心配だな。

(｀>w<)

「シュ～ッ！」

しかしやる気満々のリグは元気に鳴き、ピョンピョン跳ねて俺の頭上から木に飛び移ると、軽快な足取りで登っていってしまった。

少し楽しそうなヒタキが音を立てないようジリジリ移動して、リグのサポートをしようとしている。ありがたい。

あ、どうせなら、リグの視界を借りて同じものを見ればいいじゃないか。

久々にスキル【視覚共有】を使ってみる。

すると、目の前にいきなり現れたカラスの魔物に、肩をビクッとさせてしまった。

俺の挙動不審（きょどうふしん）な様子にヒバリが気づき、コソッと尋ねてきた。

「ツグ兄ぃ、どうしたの？」

「……あ、うん。リグの視界を借りてるんだけど、アップで魔物を見たらビックリしちゃって」

「なるほど」

リグの視界に集中すると勝手に身体が動きそうになる。しかしそれを抑え込もうとすれば、もっと挙動不審になりそうだった。

「警戒されてはいるけど、攻撃してきそうではないから心配ないかも。それより、あんまり【視覚共有】続けてると頭が混乱してくるから、そろそろやめるよ」

大丈夫そうだと安心できたので、早々にスキルを解除して、目視で木を見上げる。

ヒタキがある場所からずっと視線をそらさないので、さすがの俺でも、どの木にカラスの魔物がいるのか分かったよ。

ハラハラしながら見つめていると、いきなり木の葉がガサガサと騒がしくなった。

俺とヒバリは答えを求め、ヒタキに視線を向ける。

すると彼女は俺を見て、両手を大きく広げる仕草を見せた。

促された気がしたので、俺も真似をして両腕を身体の前に出す。

「……ん？　んん？」

最初はヒタキの意図がよく分からなかったが、その疑問はすぐに解消された。
俺の腕の中にボトリと何かが落ちてくる。
それは案の定（じょう）リグで、リグの口にはロケットペンダントがくわえられていた。

「おお、ありがとうリグ。助かったよ」

「シュシュッ、シュ～！」

ヽ(＊・w・＊)ノ

ペンダントをリグから受け取った俺は、再度盗られる前にインベントリに入れた。
そして感謝の気持ちを込めて、リグの頭から背中を中心に、全身フルコース撫で撫で。
もはや魔物だらけの森にいる理由はない。
俺達は急ぎ足で王都に引き返した。

お昼過ぎに王都を出て森でなんやかんやしてたけど、どうにか太陽が沈む前に帰ってくることができた。

近場だから良かったものの、夜戦になるとちょっと危ないので、オススメはできないな。

俺達のような冒険者でごった返している正門をくぐり、いつも通り噴水広場へ。

広場にも人がたくさんいてベンチには座れなかったが、一息つくことはできた。


「ふぅ、これで依頼品をギルドに持って行けば、依頼主の子も喜ぶね！」

「うん。大変だったけど、充実の1日」


歩き通しになってしまったので、俺はメイを抱っこしつつ、双子の楽しそうな声を聞きながらチラチラとギルドのほうを見ていた。

今は時間的に人であふれ返っているから、しばらく待たないといけない。

そして人波が途切れると、この機を逃すまいとダッシュしてギルドに駆け込む俺達。

8割くらい面白半分でやってしまったことなので、ビックリした受付の人には平謝りをして許してもらった。

んで依頼の報告をしてロケットペンダントを渡し、報酬を……おぉ？


【ローゼンブルグ限定クマのヌイグルミ】

王都ローゼンブルグ限定、期間限定品でもあるクマのヌイグルミ。手作りかつもう生産されていないので価値が高い。足にシリアルナンバーが刻まれている。３／１００。レア度５。

【製作者】ルカルカ（プレイヤー）

報酬は現物支給とあったけど、クマのヌイグルミがもらえるとは思わなかった。

思わずヌイグルミを抱えて動きを止めてしまう。

小振りなヌイグルミで可愛らしい。うん。

いつまでもクマのヌイグルミを持っているのは恥ずかしいので、インベントリにしまい、ギルドから噴水広場へ移動。

すると、なんだかモジモジしているヒバリとヒタキが俺に迫ってきた。

思わず俺の腕の中で眠そうにしていたメイを、ヒバリとヒタキに対する盾にしてしまう。


「ど、どうした？」

「あのね、明日のログインボーナス増やして欲しいの。それで相談なんだけど……」

「うん」

「ん、今日はもう早めにログアウトする。だから明日、ボーナス欲しい」

身構えたのが恥ずかしくなるような内容でホッとした。

そして双子の驚いた表情が見たくなったので、素早く許可して驚いてもらうことにした。


「いいぞ」

「そっ、え、うぇっ！」

「……やった」


予想通りの驚き方をしてくれたのはヒバリだけだったけど、ヒタキも小さくガッツポーズしていたので、俺的には大成功だ。

いつも通り、リグとメイを休息状態にしてからログアウトした。

◆　◆　◆

目を開いてヘッドセットを脱ぐと、凝り固まった背中を解すために伸びをする。

少し遅れて雲雀と鶲も目覚めたので、ヘッドセットの片づけを頼んでおく。

なにせこれから、俺は家事をしなければならない。

予定より早く30分でゲームを終えたとはいえ、まだ夕飯を食べてないし、お風呂の用意もあるからな。

卵を割ってひたすらかき混ぜる作業をしていると、片づけの終わった２人がキッチンに顔を出した。


「あ～、なるほど」

「たまにはな。明日は忙しいし、ちょっと手抜きになるかもしれないから」

「見るからにオムライス。美味しそう」

「今晩のご飯はなぁ～に？」


明日は神社でのフリーマーケットに、ゲームでの待ち合わせもある。

朝も夜も忙しくなるはずなので、今日の夜くらい少し手の込んだ料理を……って思ってね。

まぁ、これも手抜きって言われたら終わりだけど。

ついでに野菜サラダ、コンソメスープも作っとくか。

見かけは雲雀の言う「オシャンティ」っぽいし、手が込んでる風に見えるだろ。


「そうだ、宿題は？」

「ないよ！」

今更な気もするけど2人に宿題の有無を確認し、大丈夫だと分かれば手伝いを頼む。

「じゃあ、風呂掃除を頼む。ついでに夕飯終わったら入れるようセットしておいて」

「ん、分かった。任せて」

胸を張って渾身（こんしん）のドヤ顔をする2人は面白いな。

さて、料理だけは俺がちゃんとやらなければ、夕飯が完成しない。しっかりしなければ。

心を込めて作ったオムライスは雲雀と鶲に絶賛（ぜっさん）された。

明日のためにも体力をつけておかないと……ということで、風呂に入ると早めに就寝（しゅうしん）。

俺は双子より早く起きなくてはいけないので、ちゃんと目覚まし時計をセットしておくぞ。

【あぁ～こころが】LATORI【ロリロリするんじゃぁ～】part5

（主）＝ギルマス
（副）＝サブマス
（同）＝同盟ギルド

1:プルプルンゼンゼンマン（主）
↓見守る会から転載↓
【ここは元気っ子な見習い天使ちゃんと大人しい見習い悪魔ちゃん、生産職で女顔のお兄さんを温かく見守るスレ。となります】
前スレ埋まったから立ててみた。前スレは検索で。
やって良いこと『思いの丈を叫ぶ・雑談・全力で愛でる・陰から見守る』
やって悪いこと『本人特定・過度に接触・騒ぐ・ハラスメント行為・タカリ』
紳士諸君、合言葉はハラスメント一発アウト、だ！
・
・
・
779:コンパス
>>771そうそう！
それは俺じゃなくて相手が分からず屋だったの。お陰でめっちゃ時

書き込む　全部　<前100　次100>　最新50

間使った。まぁ、最終的には円満解決したけどな。

780:ましゅ麿
知らなかった……。大豆と枝豆が同じ食べ物だったなんて……。なんてこった……。

781:プルプルンゼンゼンマン（主）
よし、いい感じに連勝できてる！　このまま行けば優勝も目じゃない。勝利の栄光をロリっ娘ちゃん達に！

782:かなみん（副）
>>775もう石畳に正座して首に私が変態です、って看板提げとけばいいと思うよwww
王都のww皆さんww変態はwwこちらwwですぞwwww

783:空から餡子
王都って、裏道に入ると全然雰囲気が違うんだね。すごい楽しい！　嬉しくて迷子もワクワクする！

784:氷結娘
>>781がんばれ～！

書き込む　全部　<前100　次100>　最新50

785:棒々鶏（副）
みんなに吉報、ロリっ娘ちゃん達ログインだぞ～。
あー、現代社会に疲れた心が癒される。ロリっ娘ちゃん達には荒んで欲しくないものだ。切実に。

786:黄泉の申し子
>>780ドンマイwww
まぁ、この世には調べないと分からんことが多いからな。もしかして、大豆と枝豆のことについてドヤって語っちゃった系？w

787:もけけぴろぴろ
>>781俺、闘技場で見てるよ！　斧捌きとかかっこいいよギルマス！　がんばってー！

788:ナズナ
>>785了解。皆の衆！　俺達の癒しがログインだ！（法螺貝ぶお～んぶお～ん）

789:NINJA（副）
いつも通りでござるが、屋根の上からそっと見守るのがいいでござるな。最近、誰にも見つからないよういい場所取りをするのが難しくなってきたでござるよ。不審者ではないというのに、でござる。

書き込む　全部　<前100　次100>　最新50

790:白桃

>>783つまり迷子ってことだろ！　迎えに行くから首洗って待ってろよ！　動くんじゃないぞ！

791:焼きそば

あれ？　ロリっ娘ちゃん達、早々にギルド行った？

792:餃子

>>789

通常運転ですなｗｗｗ　あんまり危(あぶ)ないことすんなよ？ｗｗｗ

・

・

・

830:甘党

>>819がんばって！　俺は自分に正直になる。お兄さんも心配だけど、小悪魔ちゃんが好き。

831:かるぴ酢

巡回の兵士やらが多いとしても、あまり離れて欲しくないと思ってしまう親心。でも超楽しそうだからいいか、と思ってしまう俺のロリコン心。

書き込む　全 部　<前100　次100>　最新50

832:こずみっくＺ

正門のところにある店のチーズタルトもおいしいけど、大通りからわき道にそれたところにある店のミートパイも捨て難い。
あと今、闘技場限定チュロスっぽいなにかを食べてる。すごいおいしい。

833:中井

ううーん、悩むな。俺のロリコン心は素直になれといっているんだが、素直になってもお兄さんを選んでしまう……。これは、恋……！

834:さろんぱ巣

>>822それは自分の独断と偏見だからあまり信用しないほうがいいよ。もう少しマシな人もいるはず。

835:密林三昧

片やロリコン心をぴょんぴょんさせ、片や保護者心をハラハラさせるとか器用だよな。尊敬する。
っていっても、俺は圧倒的に後者なんだけどｗｗｗ

836:つだち

路地裏のＮＰＣ居住区は、ちと冒険者の俺達は入り辛い印象がある。

書き込む　全部　<前100　次100>　最新50

どうしたものか……。

837:iyokan
>>831ちょっと分かる。それな。

838:神鳴り（同）
なんか、ロリっ娘天使ちゃん、側溝の隙間に手を突っ込んでめっちゃあさってる。遠目から見てもすげぇ表情なのが分かる。
探しクエは大変だよな（ほろり

839:プルプルンゼンゼンマン（主）
なんか、泥仕合になったからノーゲームになった。決勝行ったのに……。まぁタンカー同士の戦いは長いから仕方ないよな。しょうりのえいこう……。

840:氷結娘
>>833素直になれば新世界の道へ目覚めることになるであろう。俺は一足先に行っているから一緒には行けないが、新世界で待っているから！！！！！

841:黒うさ
欠点はジロジロ見てたらバレるかもってとこだな、狭い路地裏の道

は俺にとっての強敵。

842:sora豆

>>838あれはすごい顔だったwww

843:ちゅーりっぷ

ううーん、探すクエは見ててハラハラするぜ。

844:夢野かなで

>>839お疲れさま〜。

845:つだち

さがしものわすれてるよね、おにいさん……。

846:フラジール（同）

>>839乙。今度はパーティ組んで一緒に闘技場を色んな意味での渦(うず)に巻き込もうぜ！

847:ましゅ麿

>>839おつれふ。

・

・

書き込む　全 部　<前100　次100>　最新50

・

891:もけけぴろぴろ

>>835俺、急いで王都の外行ってくる！

892:ちゅーりっぷ

あまり大勢で行ってもバレたとき大変だし、いいいいいいく人数ははははははｈｈｈｈ

893:わだつみ

非公認のファンクラブ、みたいなもんだからな。あくまでも出しゃばらず、コッソリが大事。

894:ナズナ

>>888ははは、気にすんな。個人の事情のほうが大事だぞ。現実を疎(おろそ)かにしちゃいけん。疎かにすると、痛いしっぺ返しがくるから……。

895:ましゅ麿

>>885りょ。

896:こずみっくZ

闘技場から北に行ったとこにある酒場、料理がめっちゃおいしかっ

書き込む　全部　<前100　次100>　最新50

た。ちょっと閑古鳥鳴いてるけど。

897:餃子

いつでも初めてのおつかい感がある。

898:魔法少女♂

>>893それな。

899:フラジール（同）

あっるうひ、もりのなくぁ、くまっさぁんに、でああああああああ蜂蜜鬼神様やぁぁぁぁぁぁっ！

蜂蜜持ってないんです！

いやぁぁぁぁぁっ！！！！

900:ヨモギ餅（同）

>>890　自分に細かいことはよく分からん。とりあえず、レベルを上げて物理で殴れば問題ないな。

901:コンパス

あんま森とか行っても見つける自信ないし、戦闘も自信ないからお留守番しとく～。食べ歩きしてる人と合流するのもいいかもなぁ。

書き込む　全部　<前100　次100>　最新50

902:夢野かなで
今日は蜘蛛(くも)ちゃん大活躍だな～。きゃわゆい。

903:黄泉の申し子
森方面は今日、あまり魔物がいないな。平和はいいものだ。俺達の心のオアシス、ロリっ娘ちゃん達のためにもいつもこうでいて欲しいものだ。

904:かなみん（副）
>>899いつもの発作(ほっさ)ですね。強めのお薬出しておくので、きちんと飲んでくださいね。

905:密林三昧
ロリっ娘ちゃん達が移動すると書き込みが少なくなる、それが俺達LATORIダッ☆

906:空から餡子
>>899おおおおおちおちちちちおおちつけ！

907:プルプルンゼンゼンマン（主）
次スレの名前なににすっかなー（遠い目）

書き込む　全 部　<前100　次100>　最新50

908:黒うさ

急いで帰って、なんか話したと思ったらログアウトしてしまった……。あれ？
最速ログアウトじゃね？
おおおおぉぉぉ俺達の癒しがぁぁぁぁ！！！！

909:iyokan

>>902きゃわゆいよなぁ～。でれでれ。

910:神鳴り（同）

いい感じにみんなが壊れてきたぞwwww

911:焼きそば

>>908うぎゃぁぁぁぁぁぁっ！

912:kanan（同）

色々と言いたいこともあるが、落ち着けお前らw

書き込む　全 部　＜前100　次100＞　最新50

カオスなことになりつつも紳士(しんし)達の書き込みは続き、次のスレッドに移っていく……。

日曜日。

今日は現実でもゲームでも忙しいので、俺はちょっと早起きをした。

ゲームのほうは双子の友達と王都で合流するってだけだからまだいいけど、フリーマーケットに行く準備はちゃんとしないと。

うーん、お昼を食べにいったん家に帰ってくるべきか。

にしては微妙に遠いかも。


「……やっぱりおにぎり作るか」


持っていくものは雲雀の編(あ)みぐるみ、テーブルに敷く布、値段を書くPOP用の紙、ペン、金庫、小銭(こぜに)、水筒(すいとう)、お昼のおにぎり、これらを入れるためのクーラーボックス……くらい。

他に何か必要なものが生じたら、俺ががんばって取りに帰ればいい。

クーラーボックスの中に、現在進行形で握っているおにぎりを入れるんだけど、なんだか物足りない気がしてきた。

主夫魂が顔を出してしまい、厚焼き卵、唐揚げ、ソーセージも用意してボックスの中へ。

運動会みたいだな。


「つぐ兄ぃ、おはよ～！」

「おはよう、つぐ兄。何か手伝えることない？」


準備もほぼ終わりゆっくりしていたら、雲雀と鶲がキッチンにやって来た。

やる気十分らしいので、まずは家の戸締まりを確認して欲しいと頼む。

料理を頼めば悲惨な結果になるし、他の準備はほとんどやってしまったからな。


「パパッと見てくるね！」


俺の適当な提案にも元気よく返事をして、雲雀と鶲が踵を返した。

俺も見てはいるんだけど、複数人で確認したほうが確かだとお兄ちゃんは思ってます。

雲雀と鶲がいない間に、俺は多めに作っておいたおにぎりとおかずをテーブルに並べていく。

飲み物を用意していると妹達が帰ってきたので、一緒に朝食にして英気を養おう。

これから、フリーマーケットという名の戦(いくさ)に行くわけだし。

朝食を食べ終え、お腹を慣らすためゆっくりしていると、いつの間にかいい時間になっていることに気づいた。

俺達は今回販売する側(がわ)だから、向こうで設営しないといけないんだ。


「じゃあ、出発しようか。忘れ物はないか？」

「大丈夫だよ！」

「ん、うん、確認したから大丈夫」

「なら行くか」


雲雀と鶲には軽めの荷物を持ってもらい、俺は一番重いクーラーボックスと大きな布を抱えた。

あとは玄関の戸締まりをしっかりするだけだ。

そしていいよいよ、フリーマーケットの会場、近所の神社に出発する。

日曜日の朝なので、人通りはほとんどなかった。

人の姿があったとしても、俺達と同じく神社に向かう人か、散歩中の人くらいかな。

いや、休日出勤なのか、たまにスーツ姿の人もいるな。

「っと、そういえば編みぐるみの値段って決めたのか？　全然値段の話はしてなかったよな」

「大丈夫！　ひぃちゃんに計算してもらったんだけど、ひとつ３００円ならいいかなって」

歩きながら、不意に思い出したことを雲雀に問うと、胸を張って答えてくれた。

「そっか。油性ペン持ってきたから、会場についたらＰＯＰ作らないとな」

俺の言葉に鶲は力強く頷いた。

話をしながら10分くらい歩くと、もう神社が見えてきた。

まずは受付に行って、色々もらったり書類を書いたりしにいこう。

で、ちゃんと手続きを事前にしていたから、受付はあっさり終わったぞ。

俺達のスペースはご神木の真ん前らしく、目立ついい場所だと思う。

その場所に行ってみると、会議用のテーブルがふたつと、パイプ椅子が3脚あった。

明らかに他より広めのスペースが与えられていて、これはラッキーだな。

「とりあえず、ひとつのテーブルを荷物置きにしちゃうか。売るのは編みぐるみだけだから、場所はそんなに取らないし。ええとあとは……」

クーラーボックスを雲雀が動かしてくれたテーブルに置き、布をもう片方のテーブルに敷いていると、彼女達の言葉が聞こえてくる。

「細かい準備は私がやるから、雲雀ちゃん、編みぐるみ並べたりしてて。得意なことする」

「おぅ～けぃっ！」

適材適所は大事だな、うんうん。

自主性を大事にしようと思うので、残りの設営は2人に任せようと思う。

俺にしかできないお金の管理とかは別にして、な。

何回かこういうイベントに参加した経験上、小さい金庫を持ってきた。

おつり用の小銭は、親父が貯めていたペットボトル貯金の中身を、許可を得て借りている。

片手で持って行かれてしまいそうなので、金庫の持ち手部分とベルトの通し穴を、念のため紐（ひも）で結んでおくことにした。

後ろを振り返り、２人に声を掛ける。

「雲雀、鶲、出来たかー？」

「出来たよー！　編みぐるみ、色で分けてみた」

「ん、こっちもできた。お店っぽく書いてみた」

「お」

雲雀は組み立て式の箱に編みぐるみを分別して、見やすく配置していた。

鶲は某量販店のようなＰＯＰを作っており、いい感じかもしれない。

準備を着々と進めていると、隣のスペースにも人がやってきて、挨拶（あいさつ）しつつ開始時間になるのを待った。

そして開始時間になったが、朝早いからか、全くと言っていいほど人は来なかった。

俺達は数合わせみたいなものだから、仕方ないんだけど。

可愛い!
1コ 300円!
安い!

「分かってたけど、お昼過ぎからが本番だよね～」

「ん、まぁ知ってた」

「はは、のんびりしようじゃないか。だからお昼も用意してきたんだし」

「うんうん。まったり待ってるのもいいよね～」


パイプ椅子に腰掛けて、３人でまったりと人が増えてくるのを待つ。

やがて、妹の友達らしき少女がいたので、「行っておいで」と雲雀と鶲の背中を押した。

２人はしきりに俺を気にしていたが、まさか１人で店番もできないとか思われてないよな？

そうだったらお兄ちゃん、悲しくて泣いてしまうかもしれん。

そんなことないって自分に言い聞かせ、大人しく座って店番をしていた。


30分もしないうちに妹達は帰ってきた。

それから少しするとお客さんが増えていき、俺達のスペースを覗いてくれる人も現れた。

出品しているものが編みぐるみなので、お客さんは女性や女の子が多い。

俺は少し居心地（いごこち）が悪い……かも。

「う、売れ行きがいい……！」

「雲雀ちゃんの編みぐるみ、とっても可愛い。だから女の子に人気、当たり前」

「あ、ありがと、ひぃちゃん」


雲雀は恥ずかしそうに、頬を真っ赤に染めた。

こんなに照れた表情の雲雀は久々に見たかもしれない。

なかなか見ることができないよなぁと思っていたら、鶲に「見すぎ」と小突かれてしまった。

ごめん。

編みぐるみが可愛いってのはもちろんあるけど、いつの間にかポールチェーンを付けてキーホルダーとしても使えるようにしていた、ってのが売れてる理由かも。

使いやすいってのは、それだけで結構ポイント高いんじゃないか？


「なぁ、そろそろいったん休憩して、お昼食べるか」

「賛成！　お腹空いたよぉ～」

「ん、運動会みたいで楽しいお弁当」

「じゃあ編みぐるみまとめてこっちに、うん」

「よぉし、おっひるっひるぅ〜」


時刻は正午をとうに過ぎていて、自分の腹が小さく鳴ったことでようやく気づいた。

あの、食べることが生き甲斐のような雲雀も忘れていたので、どれくらい忙しかったのか察して欲しい。

興味を持って覗いてくれる人と話すのは、とっても楽しかったんだけどな。

ちょうどお客さんが途切れた時間帯で、ゆっくり昼食を取ることができた。

さぁ2回戦だ、と言うタイミングを見計らったように、また人が増えてくる。


「わわ、これは大変ですな」


俺達のところへ来るお客さんはこの中のごく一部だとしても、素人の接客スキルではいっぱいいっぱいだ。

お客さんの相手をしているとあっという間に時間が経ち、気づけば雲雀の作った編みぐるみは、もう数えるほどしか残っていない。

家のテーブルで見たときは多いと思っていたけど、よく売れたな。

とまぁそんな感想は置いておき、スムーズに撤収の準備を始めよう。

あたりを見渡すと、同じように後片づけを始めている人の姿がちらほら。

一応夕方までがフリーマーケットの時間なんだけど、終了時刻にはもう閑散としてそうだ。

残った編みぐるみを小さな女の子に手渡し、完売だと喜ぶ2人を横目に俺は帰り支度を進めていく。

そのとき、開催者の1人がわざわざやって来て、来てくれてありがとう的なことを言ってくれた。

なんだかこちらのほうが恐縮してしまいそうだった。

俺達も楽しかったので、参加できてよかったですと伝え、会場を後にした。

◆　◆　◆

「えへへ、今日は楽しかったね～！」

「ん、いっぱいおしゃべりできた」

帰り道、今にも踊り出しそうなほど機嫌のいい2人を見ていると、俺も嬉しくなってくる。

最近こういうイベントに参加していなかったから、余計に楽しいのかもしれない。家に着くころには太陽が傾きかけており、楽しい時間はすぐ過ぎてしまうなぁと、一抹の寂しさを覚えた。

だが、その考えもすぐに消えてしまうだろう。今日は昼も濃い時間を過ごしたけど、夜にも濃い時間が待っているから。もしかしたらカオスになるかも……。

家に帰ってきてまずやることと言ったら、階段下の収納に、大きな布を突っ込むことだな。クーラーボックスと水筒も洗ってから収納スペースに置いて、あとはいつも通り夕飯の支度といった家事をすればＯＫ。

「うふふっ、今日はいっぱいゲームでも遊べるぞぉ！　このテンションをゲームでも再現する！」

「楽しそうでなにより、雲雀ちゃん。でも、それはやめておいたほうがいい。どん引きされちゃう」

「えっ、マジで！」

「ん、まじまじ」

元気だった雲雀が鶲の言葉に撃沈(げきちん)しているのをチラッと見て、放っておいても暴走(ぼうそう)はしなさそうだと結論づけた。

キッチンにこもってしまう前に、２人に問いかける。

「あ、そうだ。夕飯のリクエストとかあるかー？」

「夕飯！　う、うぅ～ん、どうしよ……」

「つぐ兄の料理はなんでもおいしいから、なんでもいいって言いがち。由々(ゆゆ)しき事態、めっちゃ悩む」

２人が決めるまで待っていたらすごい時間がかかりそうなので、お兄ちゃん権限にて親子丼に決定。

そうと決まれば、まず洗い物からだな。

厚焼き卵などを入れていたタッパーをザバザバ洗っていると、キッチンカウンター越しに雲雀がひょっこり現れ話しかけてくる。

「ねぇつぐ兄ぃ、ちょっと聞いてもいい？」

「あぁ、食べちゃわないとダメそうな長ネギがあるから、それ入れるぞ。雲雀好きだろう？」

「あ、やっ、じ、じゃなくてっ！」

俺が冷蔵庫に視線を向けながら答えると、一瞬嬉しそうな声を出す雲雀。

ははっ。

「えっとね、つぐ兄ぃ迷路（めぃろ）とか得意じゃん？　それで、闘技場でやるイベント一緒にやってもらいたいなぁ～って。ダメかな？」

突然の言葉に驚いて、しどろもどろな感じで聞き返してしまう。

「……まぁダメじゃないけど、参加資格とかないのか？」

「あぁ、それは大丈夫だよ！」

それは想定内だと言わんばかりに雲雀は笑みを深め、俺でも分かるよう簡単に説明してくれた。

雲雀の言う迷路とは、闘技場を迷路にして行われている記念行事みたいなやつで、クリアタイムを競うのだそう。

もちろん優勝者には賞品がもらえるし、参加するだけで記念品がもらえる。

最近「ログインボーナス」と言って騒いでいたのは、俺が参加を渋るかもしれないから、その際の交渉道具でもあったらしい。

ゲームをする時間を増やして欲しいってのは本音だけど、「増やさなくていいから参加して！」って提案するつもりだったとか。

策士だな、我が妹よ。

んで、すでにＰＴ人数についても考えていた。

まず迷路イベントには、参加人数の規定はとくにない。

しかし美紗ちゃんや瑠璃ちゃんを加えると、ＰＴがひとつでは枠が足りなくなってしまう。

そこで、レイドモンスターというすごく強い魔物と戦う際に利用する、複数のＰＴが協力するシステムを使うらしい。

ＰＴをふたつ作って、仲良くしましょうと俺と向こうの保護者が手を組めば全て解決だ。

「うん、なるほど」

「あとは、とくに言うことないかなぁ。参加費は無料で、迷路の壁を破壊したら即失格とか？」

雲雀から話を聞きつつ頷いていると、いきなりカウンターキッチンの下からにょっきり鶲が生えてきた。

「……ゲームの時間は瑠璃ちゃんに合わせて1日で。その分、濃い時間になること請け合い」

「うぉっ」

驚いた声を上げ、俺は肩をビクッとさせた。

悪戯が成功して満面の笑みを浮かべる鶲に苦笑し、分かったと一言だけ答えて、洗い物を再開する。

美紗ちゃんも了承しているみたいだし、ゲームの時間を延ばせってことでもない。

なら別にいいかな……。

そんなことを考えながら、雲雀と鶲に手伝いを頼み、テキパキと家事をこなしていく。

夕飯の親子丼はとてもおいしく、また作って欲しいと言われるほどだった。

言われなくても作るよ。

お風呂はゲームが終わったらすぐに入れるよう設定し、R&Mの準備は双子にお任せだ。

ソファーで座って待機。


「はい、つぐ兄ぃのヘッドセット！」

「ありがとう、雲雀」


笑みを浮かべた雲雀がヘッドセットを差し出してきた。

お礼を言って受け取り、頭から被る。

雲雀と鶲の2人もヘッドセットを被り、全員で電源ボタンを押して、いざR&Mの世界へ。

◆　◆　◆

いつもと同じく少し重たい瞼を開くと、見慣れた景色が目に飛び込んでくる。

ヒバリとヒタキが現れる横で、俺の眼前にはミィのログイン承諾を求めるウインドウが開いていた。


『プレイヤー・ミィがプレイヤー・ツグミにプレイ許可を求めています。許可しますか？』

【はい・いいえ】

【はい】をポチリ。

少ししてミィが現れると、俺は先手必勝のように話しかけた。

「今日もよろしくな、ミィ」

「はい、ツグ兄様！　今日も楽しくR&Mを堪能いたしましょう！」

ミィは驚くこともなく、俺の言葉に嬉しそうに微笑んだ。

っと、俺のやることはこれだけじゃないんだ。

今度は自分のウインドウを開き、リグ達を喚び出す。


「うぉっと！」

リグ達が勢いよく飛び出してきて、驚きつつも受け止めた。

「それで、瑠璃ちゃんとの待ち合わせは大丈夫か？　これだけ人が多いとさすがに」

「あ、うん大丈夫だよ！」

「ん、正門で待ち合わせしてる。朝方だし、王都に向かってくる人は目立つ」

ヒバリとヒタキが、同じグッジョブポーズでシンクロして答えた。

なるほど。

俺は1人で納得し、いつものようにリグをフードの中に入れる。

そしてメイと手を繋ぎ、友達を迎えに行く準備は整った。

あれ？　もしかして、朝に王都に向かってくると言うことは、強い魔物が出没する夜中に移動してきたってことか？

……俺は考えることをやめた。

◆　◆　◆

冒険者と商人の朝は早い、とはよく言ったものだ。

ゾロゾロと列をなして、人々が王都から出て行く様子は圧巻（あっかん）の一言だった。

隅の休憩スペースで見ている俺達は、面白い気分になってくる。

「んー、瑠璃ちゃんまだかなぁ」

小麦を抱き上げ、柔らかな背中の毛に顔を埋めるヒバリがモゴモゴとしゃべった。

正門をちらりと見ては小麦の毛並みを堪能する、を繰り返している。

時間を指定していても、相手は外から来るのだから、予定が狂って当然だと思う。

魔物って空気読まないし。

まったり待っていると、遠くから可愛らしい女の子の声と、どこかやる気の感じられない青年の声が聞こえてきた。

正門にはたくさんの人がいるのに、どうしてそれが耳に届いたのかは分からない。

まぁ聞こえてしまったものは仕方がないよな。


「ほら早く、もう時間過ぎてるんだからっ！」

「……自分、歩きたくないんですけど」

「口答えしない！　身体は疲れないんだから、ほらほら」

「うぇー」


耳を澄ますと、女の子が気怠そうな青年を急かしているようだ。

もしかしたら、この声の主が待ち人ってやつか？

だんだん近づいてくる声にヒバリが反応し、ガバッと立ち上がって目を輝かせたので、どうやら正解のようだ。

声の主が正門に入ってくると、その姿がようやく見えた。

女の子のほうは俺達が最初に装備していた冒険者セット。

眼鏡をかけた青年も同じように冒険者セットだが、片腕を覆うマントを装備している。

初期装備でここまで来れるなんて、とても戦闘が上手……なんだろうな。多分。

あ、それより、武器が尋常じゃない輝きを放ってるぞ。

とくに女の子の武器。

身の丈以上もある槍……両サイドは斧と鉤爪になっていて、振り回しやすそうだ。あぁそう、あれはハルバートだな。

青年のアーチェリーのような弓武器を担いでいて、とても攻撃的な2人だと分かった。

「やっほ～、瑠璃ちゃ～ん！」

装備に気を取られていた俺は、ヒバリの元気に叫ぶ声で我に返った。数回軽く首を振る。

瑠璃ちゃんは保護者の青年を引き連れ、こちらへと向かってきていた。

「遅くなってごめん！　今日はよろしくね」

「うんうん、よろしくね～。あ、多分覚えてるよね？　こっちが私のお兄ちゃんのツグミ。料理がすごくおいしいんだよ、ほっぺた落ちるくらい！」

慌ててこちらへ来た瑠璃ちゃんに対して、ヒバリはニコニコと満面の笑みを浮かべ、俺の紹介をしてくれた。

それに乗っかるように、俺は自己紹介とリグ達の紹介をする。

「ツグミです。ええっと、ヒバリの言った通り料理は得意だから、期待してくれると嬉しい。こっちは俺達の仲間のリグとメイ、小桜と小麦だな」

瑠璃ちゃんはふむふむと何度か頷いていた。

それからハッとして一礼し、口を開く。

「ご、ご丁寧にありがとうございます。そして、お久しぶりです。昔遊んでもらった榊（さかき）瑠璃です。最初に言っておきますけど、私すごく言葉が砕（くだ）けるって言うか、馴（な）れ馴（な）れしいです。今はめっちゃ猫被ってます。あ、あと、これが私の保護者をしてくれてます」

ヒバリ達より少しだけ小さな瑠璃ちゃん……いや、ここではルリちゃんか？

まぁルリちゃんは、肩までの髪をふたつに結っており、最初はつり目のせいか少しキツい印象を受けた。

でも人なつっこい笑みと八重歯を見て、すぐに元気で可愛らしい女の子だと思い直す。

「……自分、これ言います」

で、丁寧なルリちゃんの挨拶とは対照的に、なんともやる気のない保護者の自己紹介。

それに怒ったルリちゃんが保護者の足を思い切り蹴ると、観念したようにため息をつき、視線をそらしながらのんびりと口を開く。

「自分、榊信乃って言います。親戚の瑠璃の付き添いしてるだけなんで、あんま頼られても困ります。まぁ喧嘩は売ってないんで、適当に仲良くしましょう」

い、色々濃い人だというのは分かった。

まぁ本当に面倒だったら、付き添いすらしないだろうからね。うんうん。

親戚だからか、ルリちゃんとどこか似通っている。

でも印象に残るのは眠そうな目と眼鏡、俺より5センチくらい低い身長……かな。

しゃきっとすれば格好いいと思う。

自己紹介もつつがなく終わり、他に話すことはないかと、ヒバリが眉根を寄せて首を捻りながら考える。

「あとは、んー……職業とか？」

考え抜いて出した答えは普通だった。

優しいミィが納得したように深く頷き、愛らしい笑みを浮かべた。

「そうですわね。戦闘スタイルの把握(はあく)は、わたし達にとって大事ですものね。柔軟(じゅうなん)な対応も大事ですが、それぞれの役割をしっかり果たすことも大事なのですから」

「ん、私達から話す。の前に、お茶しない？」

ヒタキが手を挙(あ)げたので何を言うのかと思いきや、またも昨日行ったカフェを指差したので、思わず笑ってしまった。

ゆっくり話したいこともあるだろうし、ここにずっと立っているのも邪魔になりそうだから、別にいいか。

チーズタルトが絶品のカフェに入り、今日はチーズタルトじゃないものを頼んでさっきの話の続き。

俺達の職業はざっくり表現すると、ヒバリが回復タンカー、ヒタキが補助シーフ、ミィがスピードアタッカー、俺が後衛テイマーなのだそう。

で、リグは妨害補助、メイは攻撃タンカー、小桜小麦はシーフ系ソーサラー。

俺とは違ってルリちゃんもゲームに詳しいので、このような説明でも要領を得た様子だった。

少しの雑談を挟み、ルリちゃんとシノくん……いや、呼び捨てＯＫ仲良し万歳になったからルリとシノ。２人についても色々と教えてもらう。

初めてだしできるだけ詳しく。

「私は道場で習ってる薙刀が得意なんだけど、このゲームでは手に入りにくいみたい。だから、使い勝手の似ているハルバートを使ってるの。切ったり薙(な)いだり、突いたりする感じが似てるよ。職業は小鬼と槍使い。槍使いの理由はハルバートが使えるからで、小鬼は全てを捨てて攻撃力にガン振りできるから」


ルリが自分の武器やら職業やらを紹介してくれるんだけど、ミィのときにも思ったことをまず言いたい。

最近の女の子はストレスを溜めているのだろうか？

俺がそんなことを思っている間にも話は進み、ルリは自身の前髪を持ち上げ、ふたつ生えている小さな鬼の角(つの)を見せてくれた。


「あ、小鬼の装備品は角なんだけど、すごいちっちゃいの」

「攻撃に極振り、おーこわこわ」

「聞こえてるっつーの！　ほら、今度はシノの番」


俺は思ってても口にはしなかったけど、シノは違った。

ルリに怒られると盛大(せいだい)に肩をすくめて見せ、簡潔(かんけつ)に話し出す。

「自分、武器は自信あるんで弓。職は弓使いと、無職ってやつを。無職はぐーたらすればするだけステ上がるみたいなんで、相性（あいしょう）はいい……はず」

そう言いながら、シノはルリと一緒にステータスを見せてくれた。

REAL&MAKE
リアル アンド メイク

【プレイヤー名】
ルリ
【メイン職業／サブ】
小鬼Lv32／槍使いLv31
【HP】1597
【MP】341
【STR】393
【VIT】187
【DEX】186
【AGI】201
【INT】129
【WIS】127
【LUK】202
【スキル5／10】
槍術(そうじゅつ)93／受け流し51／チャージ48／
STRアップ43／HPアップ41
【控えスキル】
威圧(いあつ)（鬼）／再生（鬼）
【装備】
ハルバート／冒険者の服（上下）／
冒険者の靴(くつ)／小鬼の角(つの)

REAL&MAKE
リアル アンド メイク

REAL&MAKE
リアル アンド メイク

【プレイヤー名】
シノ
【メイン職業／サブ】
弓使いLv 30／無職Lv 30
【HP】1006
【MP】834
【STR】201
【VIT】175
【DEX】209
【AGI】193
【INT】182
【WIS】178
【LUK】207
【スキル3／10】
弓術(きゅうじゅつ)49／鷹(たか)の目32／風読み28
【控えスキル】
無職の底力／魔力矢生成
【装備】
アーチェリー／冒険者の服（上下）／
黒の肩マント／冒険者の靴

REAL&MAKE
リアル アンド メイク

職業に無職を選ぶとは、随分似合うというかなんというか。

ヒタキ先生によると、無職も立派な職業らしい。

ログインして何もせずにいるだけで、ステータスが上昇する。まぁ一度でも戦闘すればその効果はなくなってしまうらしいけど……。

随分と個性的な職業だな。

「じゃあ自己紹介も終わったし、次は迷路の作戦会議といきますか！　頭使うの苦手だけど……」

ヒバリがパチンと手を打ち鳴らすけれど、やはり最後は頼りなくなった。

まぁでも、戦闘ではとても頼りがいがあるからな。

「ん、とは言っても魔物と戦わないし、迷路のルール説明だけでいいかも」

膝の上で丸まっている小桜を撫でながら、ヒタキがルールを簡単に教えてくれた。

ゲームを始める前に聞いていた通り、参加費は無料、迷路の壁を壊すと即失格、参加人数は最大10人まで……などなど。

普通なら守るだろうって内容ばかりでとくにめぼしいものはない。

とりあえず、迷路の壁は絶対に壊すなということだった。

残っていた林檎の蜂蜜漬けをリグに食べさせ、紅茶を飲み干す。

すると、皆が食べ終わる瞬間を見計らったミィが口を開いた。

「さて皆様、善は急げと言いますし、さっそくですが迷路に行きませんか？」

「どーかんです。どうせやるしかないなら、楽しんでもらったほうがさっさと終わりますからね」

「しぃーのっ！」

それが同感なのかどうかはさておき、相変わらずやる気のないシノがルリに怒られる。

まぁ楽しそうだからいいか。

「決まったなら移動だな。リグ、頭に乗るか？」

(≧w≦*)

「シュシュ～」

満足そうにしているリグに話しかけ、頭の上に乗ってもらった。

ちなみにメイはミィと一緒にいる。

攻撃力の高い者同士、馬が合うのだろう。

たとえ最初の出会いが、むぎゅっと思い切り抱きしめられ、ジタジタ苦しんだものだったとしても。

店を出ると、大通りの人混みは多少緩和(かんわ)された気がした。

あくまでも気がするだけ。

そして歩いている途中、ＰＴを組んでいなかったことに気づき慌てて組むことになった。

闘技場の外観は、コロッセウムと言われるヨーロッパの建造物そのものだった。
ヒタキ先生によると、この建物だとゲームをやっている人達のテンションが上がるのだそうな。
まぁ闘技場って言ったら、俺でもこの形を想像するよ。
「うーんと、どこが受付だっけ?」

「こっちは一般の入り口、あっちが受付。ちゃんと考えられている」

ぞろぞろと人が闘技場の中に吸い込まれて行くのを見つつ、ヒバリとヒタキが相談している。

その横では、ミィとルリが恐ろしい会話をしていた。

「……はぁ、いつもなら血湧き肉躍る場所のはずですのに」

「ねぇミィ。今日は迷路だけど、今度魔物達をぶっ潰そうよ。私も付き合うから」

「まぁ、それはとても楽しみですわ」

双子はいいとして、あとの２人が物騒すぎるとお兄ちゃんは思うんだけど。

「……」

ふと後からついてくるシノを見ると、まるでチベットスナギツネのような、微妙な表情をしていた。

俺も無言で視線をそらしておく。

「ツグ兄、早く行こう」

「お、おぅ」

ヒタキの言葉に少し遅れて反応した俺は、慌ててついて行く。

何個もある入り口から建物内に入ると、受付には結構な人がいて、俺達もさっそく並んだ。

今日は迷路イベントしかやっていないので、間違いが起こることはない。

「戦闘がないから、順番が回ってくるのは早いはず。確か、10分くらい待って出発とか」

意外と列の進みが早いのでヒタキ大先生に視線を向けると、質問する前に疑問に答えてくれた。

そういう察してくれるところ、お兄ちゃん大好きだよ。

「……それ、前の人に追いつかないのか？」

「袖振り合うも多生の縁、出会っても致し方なし。見なかった振りが多い、かな」

「うん、分かった」

でも不意に口にした疑問には、視線を外されてしまった。

そんなこんなで時間を潰していると、とても嬉しそうにヒバリが声を上げる。


「あ、やっと私達の番だね。楽しみだなぁ～」


俺達の前のＰＴが出発して10分が経ち、係員の人から注意を聞いていざ出発。

入り口をくぐり一番最初に見えたのは、分厚くそびえ立つ迷路の壁だった。

天井はなく青空が広がっていて、あたりは喧噪に包まれていた。

どうやら上に観客がいて、迷路の挑戦者を眺めて楽しんでいるらしい。

……そう言えば、守らなきゃいけないルールの中に、迷路の壁を登らないこと、ってなかったんだよなぁ。

いやいや、それは最終手段にしよう。

俺がしょうもない考えをしている間に、女の子４人が右手法をやろうと言い出したので急いで止める。

あれはとてつもなく根気のいる方法だし、スタートやゴールが迷路の中にあったり、立体迷路だったりすると、元の場所に戻ってしまう。

「そうだなぁ。同じ通路を行ったり来たりするのと全部しらみ潰しに探すの、どっちがい い？」

　俺が非常に分かりにくい提案をすると、ヒバリは眉根を寄せて悩んだ。

「それ、変わらないいんじゃ……。い、いや、ツグ兄ぃに頼るから、うう～どうしよ」

(・ω・`?)

「んにゃ？」

　少し強く抱いてしまったのだろう、ヒバリの腕の中にいた小麦が、きょとんとした顔で首を傾げた。

　あ、ちなみに視界の端にはタイマーが映っており、もう迷路に入って3分以上経っていることが分かる。

「……私達はしらみ潰しか、勘を頼るくらいしかない。ツグ兄の楽なほうがいいかも」

「んー、頭を使うのは嫌いなんだよね。壁をぶち抜ければ、早くゴールできたんだろうけどさ」

「自分、ついて行くだけですんで」

ヒタキ、ルリ、シノもこんな感じ。

考えることを放棄した人達ばかりなので、ここは全ての通路を調べるやつでいくか。

迷路の壁に目印をつけてはいけない、なんて説明はなかったから、リグに頼んで、マークとして糸を壁の隅につけてもらおう。

行ったり来たり、うろうろうろ、糸を吐いてはまた吐いて。

リグがとてもがんばってくれているので、今度お礼のお菓子を作ろう。

それにしてもこの迷路、分岐点がてんこ盛りにあるだけで、実は最初から道なりに進めばゴールできてたんじゃないだろうか？

書くものがなかったから頭の中で迷路の図面を起こし、色々と照らし合わせたら、そんな予想が生まれてしまった。

まぁ多分ちゃんとゴールには向かってるし、４人がとっても楽しそうなので黙っていよう。

やがて、また行き止まりにたどり着く。

そこには、「ギブアップしたい方はコチラ」と書かれた立て看板があった。

それを見たミィが感心したように呟く。

「結構、ギブアップする場所がありますのね」

「ん、この迷路大きいから。クリアできなくて泣いちゃうかもしれないから」

頷くヒタキ。

俺が記憶違いをしていなければ順調なので、ギブアップすることはないはず。

「いったん戻って、次は左に行ってみようか」

ここで立ち止まっていると、他の挑戦者とばったり会ってしまいそうだ。

実はさっきも出くわしたんだが、ギブアップした方々だったので気まずい思いはしなかった。

とはいえ、次もそうとは限らないので、周りに人がいないうちに移動する。

その途中、ヒバリが目を輝かせて聞いてきた。

「ねっねっ、ツグ兄ぃは道覚えてる？」

「一応な。間違えてなければ大丈夫」

頷いて答えると、ヒバリは見慣れたグッジョブポーズを向けてくる。

「がんばって、ツグ兄ぃが頼りなんだ！」

詳しいことは俺の胸の内に秘めておき、とりあえず順調だということだけを伝え、俺達は歩き続けた。

結構な距離を来たとは思うんだけど、まだゴールにたどり着かないのか。

まぁとにかく進まないと。

「ええっと、次は向こうの道だな。この闘技場の大きさから言って、そろそろゴールだと思うんだけど……」

「ふふ、たくさん歩いた気がいたしますが、もう終わりだと悲しくなりますわ」

罠(わな)もなく魔物もいないから、俺はそれだけで安心なんだけど、戦闘が大好きな４人には少し物足りないのかもしれない。

「壁が壊せると最高に楽しいんだけどな」

「あら、それはわたしも思いましたわ」

楽しそうなルリとミィの話を聞きつつ、足を進めていると、ようやくゴールっぽいものが見えてきた。

ヒバリが表情を輝かせ、今にも走っていきそうになるのを、ヒタキが捕まえてくれた。

シノは、やっと終わったと言わんばかりに盛大なため息をつく。

俺は脳内マップをざっと見直し、隅のほうにまだ行っていない場所があることに気づいたが、ここにゴールがあるんだから、そっちはきっと行き止まりだな。

そう結論づけてゴールすると、係員に拍手されながら、参加賞を手渡される。

視界の端にあったタイマーは3時間以上を示していた。

さすがに時間をかけすぎたか。

ロビーに出ると、その時間表示は消えてしまった。

「ツグ兄ぃ、参加賞なんだったの？」

「ん？　ちょっと待って……」

ヒバリがワクワクした表情を浮かべ覗き込んでくるのを片手で制し、邪魔にならないよう ロビーの隅へ移動した。

「面白いものだったらいいなぁ」

参加賞は1人ひとつじゃなく、PTにひとつらしい。
で、リーダーになられた俺に配布されたわけだが、さっそくウインドウを開いてみる。

【闘技場第26回戦　優先参加・観覧券】
闘技場の迷路参加者に贈られる参加賞。来年にある闘技場第26回戦の優先券。参加するも観覧するもあなたの自由。観戦最大人数6人。

こ、これはミィとルリがすごい喜びそうな……。
来年とか言われても、R&Mは今何月、っていうのを失念しそうだから怖いな。
とりあえずワクワクしている皆に、素直に参加賞のことを教えると、予想通りの2人が とくに嬉しそうにガッツポーズをした。

シノを含めた4人で話し合い、いったん俺が預かることに。

さて、迷路の挑戦も終わり、これからどうするのかなと思っていると、ミィとルリが結託した表情で口を開いた。

「そろそろ夕方になってしまいますが、わたし達はまだ暴れたりないのです。この拳が疼きますの！」

「そうそう。だからツグミがいいなら、ちょっとだけ外で戦闘したいなって」

「……やりたいなら、いいと思うぞ」

2人が提案した内容は、俺が考えていたことと大体同じだった。

先ほどから戦いたそうにしていたし、それが楽しいのなら問題ない。

保護者のシノをチラッと見ても、少し嫌そうな顔はしていたけど、止めはしないのでいいだろう。

(＊・ェ・＊)

「めめっめめめっめ」

同じく戦闘が大好きなメイも喜んでおり、ヒバリやヒタキもどことなく楽しそうな雰囲気だった。

このＰＴの８割は戦闘大好きだからな、仕方ない。うんうん。

俺は彼女達に引っ張られ、大通りを抜けてそのまま正門をくぐり、舗装路から外れた場所へ一直線に連れていかれた。

ヒタキの【気配探知】でゴブリンとスライムの群れを見つけた２人と１匹は、目を輝かせて突っ込んでいく。

ルリ達に触発（しょくはつ）されたのか、ヒバリもヒタキも武器を取り出し、楽しそうに突撃していった。

シノがポツリと一言。

「自分、見てるだけでいいです？」

「うん、いいと思う……」

彼女達の勇（いさ）ましい「せいやっ！」という声を聞きながら、保護者組の俺達は、遠い目でそれを眺める。

まずはメイとルリが一番槍となって魔物の群れに突撃し、大鉄槌やハルバートを思い切

り薙ぎ払い、魔物を刈り取った。

それであらかた倒してしまうんだけど、一撃で倒せなかった半死半生の魔物や、武器の範囲から逃れた魔物もいる。

ミィを筆頭に、ヒバリやヒタキ達が、それらを次々と仕留めていく。

魔物にとっては阿鼻叫喚、って感じだろう。

見たことがないと言うルリにせがまれ、ヒバリとヒタキは、合体魔法スキル【シンクロ】も発動させた。


「か、かっこかわいいっ！」


魔法を見たルリがキラキラと目を輝かせて、シノのほうを向いた。

「ルリ、自分らは覚えられんよ。そもそも自分だろ、物攻特化にしたの」

「あっ、そっ、そうだったぁっ！」

「……ったく」

しかしシノにばっさり否定されて、心底悔しそうにガックリと肩を落とす。

俺があたりを見回すと、もう随分と日が傾いてきており、敵も昼の魔物から夜の魔物へと変わりつつあった。

俺は相変わらずガックリしているルリに声を掛ける。

「なぁルリ。そろそろ危ない。なんでもするから王都に戻ろう?」

するとルリはガバッと顔をこちらに向け、「ん? なんでも?」と、それはもう満面の笑みを浮かべていた。

「じゃあ、あのね、久しぶりにツグミのお菓子が食べたい! 昔食べて、すっごい美味しかった。まだ覚えてるくらい」

「あ、うん。簡単なやつでいいなら」

「ツグ兄ぃの作り立てお菓子!」

(≧w≦*)

「シュ? シューシュッ!」

ルリに要求されたことが、自分の得意分野でよかった。

他の食いしん坊も釣れた気がしたけど、気にしないようにしよう。

◆◆◆

俺達は足早に王都の正門をくぐり、一直線で作業場へたどり着いた。

意外と保護者の役割をしっかり務めようとするシノに作業場の代金を出してもらい、俺達は個室の中へ。

ここは街によってあまり内装が変わらないから、ホッとするな。

皆には備え付けの椅子に座っててもらい、作業台を前にした俺は、何を作ろうと思い悩んだ。

簡単なお菓子で、皆が満足しそうなもの。

うーん、時間もあまりないし、ドーナッツでもいいかな。

残っていた食材で作れるし、一石二鳥ってやつだ。

「すぐ出来るからなー」

「はーい！」

インベントリを開きつつ、そわそわしながら待っている皆に言うと、素直な返事をもらうことができた。

アイテム欄から万能スライムスターチ、砂糖、残り物の豆腐、植物油を取り出す。

あとは木のボウルとフライパンか？

木のボウルにスライムスターチとお好みの量の砂糖、少量すぎて困っていた豆腐の残りを入れ、手である程度こねる。

混ざったらサラダ油を加え、滑らかになるまで混ぜ混ぜして、ひとまとめにしておく。

今回はルリに持たせる分も作りたいので、いつもより多めに作るよ。

生地が少し柔らかいから水ではなく植物油を手に塗り、3センチの球状に、コロコロと綺麗に丸めていく。

植物油をドーナッツのタネが半分浸るくらいフライパンに入れ、160度の適温にして、こんがりきつね色になるまで揚げれば完成。


「い、いい匂い……」

「……」


待ちきれない、とばかりに生唾をゴクリと呑み込むルリと、俺のほうをジィッと凝視しているシノ。

他にも俺をガン見している子はいるけど、男の視線には慣れていないから、とくに気になってしまった。

包装紙を油切りとして皿に敷き、その上にドーナッツを盛り付けていく。

3分の1くらいは取っておいて、少し冷めたら包装紙で包む。

盛り付けたのは今から食べる分で、3分の1はルリ達に持たせる分だ。

ドーナッツが積まれた皿をテーブルに運ぶと、視線が釘付けになって少し楽しい。


【熱々コロコロコロドーナッツ】

丸々コロコロとした可愛らしい大きさのドーナッツ。味は、素朴ながらも絶大な人気のあるプレーン。熱々でも冷めても美味しいのでおやつにうってつけ。レア度5。満腹度＋8％。

【製作者】ツグミ（プレイヤー）

食べる前に包装紙のドーナッツをルリに渡すと、それはもう、ものすごく嬉しそうな表情でインベントリにしまってくれた。

まだ食べていないのに、そんなに喜んでくれるのか。

飲み物を全員に行き渡らせていると、涎を垂らしそうな表情で、ヒバリが俺に問いかけた。

「ねぇツグ兄ぃ、食べてもいい？」

「あぁいいぞ。召し上がれ」


そんな表情をされて、ダメだ、と言えるほど俺は意地悪ではない。

俺も摘んで一口食べてみる。

熱々のドーナッツの感想として、外はカリッと中はフワッとしており、今回は砂糖を控えめにしたので、甘めの飲み物と相性がいい。

皆も満足してくれているようだ。

ルリ達のほうを見ると、なんとブルブル震えていて、顔を上げると勢いよく口を開いた。

「うっわっ、ちょー美味しいんだけど！　小学生のときの、美化された記憶より美味しいとか……！　ヒバリ達は毎日これが食べられて羨ましいなぁ」

「……!!　か、完敗です。これが食べられるんなら働いてもいいかな、ってちょっと思ってしまいました。不覚」

「……き、気に入ってくれたのなら嬉しいよ。とっても」

椅子に座りつつも、俺に詰め寄るような勢いで言ってくれたルリとシノに、俺は引きつった笑みを浮かべてしまった。

でも気に入ってくれたのが嬉しいのは本当だよ。

それから皆で和気藹々とドーナッツを食べていると、滅多に自分で何かしようとしないシノがウインドウを開いた。

どうしたんだろう？　と首を捻ると、シノはこう言った。

「ルリ、時間」

「単語で会話しようとしない！　って、もうそんな時間なの？」

「……今日は、ルリと遊んでくれてありがとうございます。また遊んでくれると助かります」

「うわ、シノが保護者らしい……だと⁉」

「……処世術（しょせいじゅつ）くらいは、できるし」

どうやらシノとルリはタイムリミットが来たようだ。

悲しんだり、驚いたりと、忙（せわ）しなく表情を変えるルリ。

なかなかゲームする時間が取れないとは聞いていたけど、本当に少ししか遊べないんだな。

でもちゃんとまた遊ぶ約束をして、俺達も噴水広場へ。


２人がログアウトするのと同時に、今日は俺達もログアウトすることになった。

もう少し遊んでもいいよと言ったけど、約束したからと笑う妹達。

一足先にログアウトしていくシノとルリ、それからミィを見送り、俺はペットの４匹を１匹ずつ抱きしめる。

今日はあまり構ってあげることができなかったので、せめてこれくらいはしてあげたい。

きっと明日もログインすると思うので、そのときお菓子でも作ってやろうと決意して、休息状態にしていく。

そしていつものように、忘れたことはないかを確認してからログアウト。

◆　◆　◆

いつも通り目を覚ました俺達は、全員が同じように伸びをした。

こういうところで、本当に兄妹だなぁ、って実感するよ。

だって、思い切り伸びをするときの格好が同じなんだもの。

「今日は短かったけど、すごい楽しかったね！」

「ん、瑠璃ちゃんはいつも忙しそう。だから遊べて嬉しかった。また遊びたい」

「うんうん、また６人で遊びたいよねぇ」

「ん、そうだね。楽しみに待ってる」


２人が楽しそうなので、俺も嬉しくなってくるな。

雲雀と鶲の会話を聞きながら、俺はセットしておいたお風呂の様子を覗いた。

大丈夫だったので、２人にさっさと入るように促す。

素直に従ってくれるのはいいんだけど、未だに「一緒に入る？」と聞いてくるのはいただけない。

Ｒ＆Ｍの温泉施設みたいなやつだったら喜んで一緒に遊んでやるが、これはさすがに「事案」というやつになってしまいそうだ。

親父ならほいほいと入りそうだけどな。俺が蹴ってでも止めるぞ。

って、買ってあったボディーソープを渡すの忘れてた！

急いでクローゼットの棚上から目的のものを掴み、２人の元へ。

まだ湯船には入ってないみたいなので、大きめの音を立て扉を叩いた。

「雲雀、鶲、ボディーソープなくなりそうだから。入れといてくれないか?」

「はいはぁ～い、雲雀ちゃんにお任せっ!」

少し扉を開きボディーソープを差し込むと、いつもよりテンションの高い雲雀が受け取ってくれたようだ。

事故が起こる前にさっさと手を抜く。


「……つぐ兄、一緒に入る?」

「入らん」

「ふふっ、残念」


扉を閉める直前に鶲が笑いを含んだ声で言ってきたのを、俺は即答で断ってやった。

雲雀と鶲が上がってくると、俺は見ていたテレビのリモコンを雲雀に渡し、廊下への扉を開く。

「テレビを見ててもいいけど湯冷(ゆざ)めするなよ」と言い残し、俺のお風呂タイム。

俺が歯磨きも済ませてリビングに戻ると、２人は俺のことを待っていたようで、おやすみの挨拶をして2階へ上がっていく。

俺も明日の準備だけしてから寝よう。

用事をさっさと済ませ、戸締まりをしてから、俺は自室に向かった。

【運営さん】LATORI【俺達です】part6

（主）＝ギルマス
（副）＝サブマス
（同）＝同盟ギルド

1:プルプルンゼンゼンマン（主）
↓見守る会から転載↓
【ここは元気っ子な見習い天使ちゃんと大人しい見習い悪魔ちゃん、生産職で女顔のお兄さんを温かく見守るスレ。となります】
前スレ埋まったから立ててみた。前スレは検索で。
やって良いこと『思いの丈を叫ぶ・雑談・全力で愛でる・陰から見守る』
やって悪いこと『本人特定・過度に接触・騒ぐ・ハラスメント行為・タカリ』
紳士諸君、合言葉はハラスメント一発アウト、だ！
・
・
・
19:棒々鶏（副）
>>1
スレ立ておつかれさま！

書き込む　全 部　<前100　次100>　最新50

それにしても、スレの題名が安直すぎないか？wwww

20:コンパス

妹ちゃん達まだかなー？　ちょっと暇だぜー。

21:こずみっくZ

>>1おっつおつ。

22:ちゅーりっぷ

>>1すっげぇ素直なスレ名すぎんだろwww
まぁ俺らじゃないかって言われたら、俺らだけどw

23:つだち

前スレの>>993
それで攻略方法なんだけど、なんと目の前に鉄の鍋を置いとくことなんだ。それでデストラップが無力化されるぞ。お手軽。

24:空から餡子

闘技場は今日、迷路しかやってないからな。あとは普通にクエスト受けて魔物退治しかない。

書き込む　全部　<前100　次100>　最新50

25:sora豆

>>14蜂蜜はあんまり癖のないやつが好き。

26:プルプルンゼンゼンマン（主）

あ、今日は仔狼ちゃんも一緒なんだ！

27:さろんぱ巣

迷路やったら途中でギブアップした。つらい。

28:ましゅ麿

>>1今更だけどスレ乙。

29:氷結娘

ケモナーの自分としては、クモたん羊たん猫又たんの元気な姿が見れたら幸せだな。もちろん、ロリコンの属性もあるしお兄さん萌え属性もあるぞ！

30:もけけぴろぴろ

あ〜、心が浄化されるくらい可愛いな！！！！

31:かなみん（副）

>>23あんがと！　今度あったらやってみる！

書き込む　全部　<前100　次100>　最新50

32:夢野かなで

一回でいいから羊ちゃんもふもふしたい……。

33:iyokan

ロリコンは俺じゃあぁぁぁぁぁぁぁ！（乱心）

34:白桃

あ、あれ？　正門？

35:魔法少女♂

ロリっ娘ちゃん達、どこ行くのー？

36:中井

>>29な、難儀なたくさんの属性をお持ちでｗ　俺も人のこと言えないけどｗｗｗ

37:NINJA（副）

とりあえず、ついて行くでござる。なにごとにも見極めることが大事でござるからな。

38:つだち

正門の隅っこでおしゃべり、か？

書き込む　全部　＜前100　次100＞　最新50

39:神鳴り（同）

>>27あれ、参加賞は来年の絶対参加できるor観戦できる券だからぶっちゃけ微妙。でも皆でワイワイ迷路やるの楽しかった。自分リア充っぽかった。

40:ナズナ

めぼしいクエストはあんまないなぁー。

41:餃子

>>32圧倒的同意。可愛いもんね。

42:フラジール（同）

とりあえず待機組。

43:kanan（同）

とりあえずカフェで絶品タルトとやらを食べるぜ！

44:甘党

とりあえずその辺歩いて時間潰してくる。

45:密林三昧

>>1遅くなったけどスレ乙。

46:かるぴ酢

運営からお叱りがないってことは、ちゃんと距離が測れてるってことだからな。
このままロリっ娘ちゃん達の邪魔しなきゃ、いいってことだな！
世界遺産にも等しいロリは俺達が守ってみせる！！！！！！

47:黒うさ

みんな待機なら俺も待機してよー。

48:魔法少女♂

>>44おまえはであるくんじゃない

・

・

・

62:黄泉の申し子

お、おおおおおおおおおおおおおお前ら！

63:コンパス

>>57俺達のギルドはロリっ娘ちゃん達を軸にしているから、彼女達が動かないと俺達も動けない。もちろん自分の用事が最優先、ＯＫ？

書き込む　全部　<前100　次100>　最新50

64:かるぴ酢

やるぞやるぞやるぞやるぞやるぞやるぞぉぉぉぉ！

65:焼きそば

いくぞぉぉぉぉぉぉおぉぉおおぉっっっっっ！

66:ナズナ

こっ、これは、俺でも想定外だぞ！！！！

67:氷結娘

やるしかあるまい。我らの力の限り、行くぞ！

68:餃子

うおぉぉぉぉぉぉぉぉぉおっっっっっ！

69:かなみん（副）

みんなぁあぁ、新しいロリっ娘ちゃんだ！！！

70:わだつみ

>>61それくらいが妥当だと思う。多分。

書き込む　全 部　<前100　次100>　最新50

71:棒々鶏（副）

ロリコンでよかったああぁぁぁぁぁああぁぁあ

72:フラジール（同）

もうＰＴ的に増えないとは思ってたのに。まさかそうくるとは。いや、ない手ではない……！
ありがとうございます、ロリコンの神様！

73:中井

だからロリコンはやめられない！

74:夢野かなで

>>69ナ、ナンダッテェー！

75:密林三昧

>>69まじかー！！！！

76:iyokan

>>69やったぜ！

77:もけけぴろぴろ

唸れ俺のロリコン魂！！！！！！

書き込む
全 部
<前100
次100>
最新50

78:神鳴り（同）

身の丈ほどの槍ってｗ　どう扱えばいいんだよｗｗｗ

79:黒うさ

新しいロリちゃんの保護者もイケメンとか……。遺伝だから仕方ないとしても嫉妬の炎がメラメラ。

80:甘党

>>69なんだと！　ガタッ！！！！

81:プルプルンゼンゼンマン（主）

>>69ではいつものをやらねば！　ガタガタッ！

82:氷結娘

くっ、顔面格差がまたしても俺らを襲う！

83:パルスィ（同）

>>69じゃあ俺も！　どんがらがっしゃーん。

84:さろんぱ巣

>>72絶対このゲーム、ロリコンの神様もいるよな。めっちゃ仲良くなりたい。

書き込む　全部　<前100　次100>　最新50

85:魔法少女♂

可愛い。めっちゃ可愛い。
語彙力(ごいりょく)ないって言われそうだけど、可愛いしか言えない。可愛い。幸せ。

86:ヨモギ餅（同）

みんなが通常営業で安心したw

87:白桃

>>78ガチの戦闘職ならワンチャンあるぞぃ。

88:NINJA（副）

俺も眼鏡かければワンチャンあるか……？（素）

89:ちゅーりっぷ

>>79嫉妬してもロリっ娘ちゃんはお空から降ってくることはないんだぜ。だったら今いる可愛いロリっ娘ちゃん達を見守っていこう。そうしよう。

90:わだつみ

迷路に入ったことない人で、一緒にやりたい人募集するぞぃ。ロリっ娘ちゃん達も迷路に挑戦するみたいだし、運が良ければ出会え

るかも！

91:こずみっくZ

ロリコン万歳！　LATORI万歳！

92:ましゅ麿

やるぞやるぞやるぞぉぉぉぉぉ！

93:芋煮会委員長（副）

萌え萌えキュンキュンじゃいっっっっ！

・

・

・

137:魔法少女♂

迷路って、奥深かったんだね……。

138:つだち

ロリっ娘ちゃんは現在王都周辺の平原にて、とても楽しそうに魔物を倒しているぞ。そしてやっぱりロリっ娘ちゃん達は攻撃力にガン振りなのね。

書き込む　全部　<前100　次100>　最新50

139:焼きそば
>>123好感度の自己申告は多分大事じゃない。大事じゃないぞ、多分だけど。

140:フラジール（同）
あの火力、絶対人族じゃない。
どっちかの職は槍だとして、もうひとつはファンタジー系の職かな。
ドワーフ、人狼、鬼、不死者？
んんんんんん？

141:コンパス
ロリっ娘ちゃん達の戦闘はいつ見ても豪快で好き。

142:黄泉の申し子
>>135どうしてもって言うなら一肌脱ぐよ？

143:黒うさ
夜狩りはしそうにないな。

144:プルプルンゼンゼンマン（主）
合体魔法かっこいいなぁ。
俺も相方さえいればスキル取ってバンバン使ったのに。相方さえい

書き込む　全 部　<前100　次100>　最新50

れば……。

145:餃子

>>138ロリっ娘ちゃんだからな。歪みない。

146:ましゅ麿

戦闘の次は作業場、か。移動に忙しい。

147:こけこっこ（同）

ろりこんばんざい（虚ろ目）

148:さろんぱ巣

どんどん書き込みが減るのはウオッチングに勤しんでいるからなのだろうか？　このロリコンどもめ。

149:ナズナ

ん？

150:かなみん（副）

あ、あれ？

書き込む　全 部　<前100　次100>　最新50

151:sora豆

う、嘘だろ！

152:密林三昧

もうログアウトしちゃうのか！

153:甘党

うぅ、現実とは無情なり。

154:棒々鶏（副）

>>144涙拭けよ。

書き込む　全部　<前100　次100>　最新50

あとがき

この度は、拙作を手に取っていただきありがとうございます。

さて、第五巻でツグミ達一行が向かうのは、様々な人々が行き交う大都会、王都です。

新キャラはもちろんのこと、今回はこれまでのツグミ視点だけでなく、ヒバリ視点も織り交ぜつつ、内容に厚みを加えようと創意工夫を凝らしてみました。読者の皆様はご存知の通り、ヒバリは元気な子なので、実際に彼女視点で動かしてみると大暴れして楽しかったです。いつか別の機会に他のキャラクターの視点も書いてみたいなあ……。

次に、新キャラのルリちゃんとシノについて少しお話させてください。

彼女は、私としてはようやく物語に登場させることのできた、とっておきのキャラになります。薙刀が得意で攻撃専門のルリちゃんは、元気娘達と同じくとても活発で可愛らしい女の子です。小柄ながら、自分の体格を上回るハルバートを軽々と振り回してみせる一面もあります。その手捌きは、なかなか見事なもの。

そして、その保護者であるシノは、やる気はないけど面倒見は割りと良い眼鏡青年です。R&Mのゲームによる補正が入っているとはいえ、弓の腕前は折り紙付き。ただまあ、その技が今後、どのくらい披露されていくかは、彼自身のやる気次第ではありますが……。この2人がツグミ達とどのような旅をするのか、是非とも見守っていただけますと幸いです。

それから、恒例となりましたちょっとした小話を。今回はツグミ達の仲間のリグについて触れたいと思います。リグは、R&Mの世界ではスライムよりも弱い、最弱モンスターの蜘蛛をモチーフとした魔物です。今や彼らの一番のパートナーと言っても過言ではないリグですが、登場のきっかけは実に他愛もない日常の出来事に起因します。それは、主人公ツグミが最初に仲間にする魔物の種類に悩んでいた頃のことです。ある日、ふと「私の家に数年に1度の頻度で暖かい時期に現れるハエトリグモにすればいいじゃん!」と閃いたのでした。

そこで、この虫が私の家に出没する時と同じく、ツグミの元へうっかり足を滑らせて落ちてくるという展開に至ったわけです。これが、弱く警戒心が人一倍高い魔物がツグミ達と遭遇することとなった裏話です。人懐っこくて可愛いリグですが、そこはやはり虫。連載当初は読者の方に「え?」という反応を持たれたりもしましたが、今では皆さん、リグの可愛さにメロメロなはず……ですよね?

最後になりますが、この本に関わってくださった全ての皆様へ心からの感謝を申し上げます。

それでは次巻でも、皆様とお会いできますことを願って。

二〇二〇年四月　まぐろ猫@恢猫

ネットで人気爆発作品が続々文庫化！

アルファライト文庫 大好評発売中!!

異世界×地球レシピの
極上料理を召し上がれ！

1～3巻 好評発売中!

異世界で創造の料理人してます1～3

舞風慎 *Maikaze Shin*　　illustration 人米

無限の魔力を使用した極上料理が
腹ぺこ冒険者たちの胃袋を直撃する――!

ある日、若き料理人の不動慎(ふどうしん)は異世界の森の中で目を覚ました。そこで出会った冒険者兼料理人に街のギルドまで連れてこられた彼は、自らに無限の魔力と地球から好きなものを召喚できる魔法が備わっていることを知る。そして異世界食材を使用した料理を食べて感動し、この世界でも料理人として生きていくことを決意するのだった――。生唾ごっくん食力ファンタジー、待望の文庫化!

文庫判　各定価：本体610円+税

魔法学校の落ちこぼれ1
梨香
chibi
アルファライト文庫
累計5万部!
ネットで大人気!
天才魔法使いに選ばれたのは落ちこぼれ少年!
落ちこぼれ少年が大活躍!? 異世界復興ファンタジー!

アルファライト文庫

この作品に対する皆様のご意見・ご感想をお待ちしております。

おハガキ・お手紙は以下の宛先にお送りください。

【宛先】

〒150-6008 東京都渋谷区恵比寿 4-20-3 恵比寿ガーデンプレイスタワー 8F
（株）アルファポリス　書籍感想係

メールフォームでのご意見・ご感想は右のＱＲコードから、
あるいは以下のワードで検索をかけてください。

ご感想はこちらから

本書は、2016年10月当社より単行本として
刊行されたものを文庫化したものです。

のんびりVRMMO記（き）5

まぐろ猫@恢猫（まぐろねこあっとまーくかいね）

2020年6月30日初版発行

文庫編集－中野大樹／篠木歩
編集長－太田鉄平
発行者－梶本雄介
発行所－株式会社アルファポリス
〒150-6008東京都渋谷区恵比寿4-20-3恵比寿ガーデンプレイスタワー8F
TEL 03-6277-1601（営業） 03-6277-1602（編集）
URL https://www.alphapolis.co.jp/
発売元－株式会社星雲社（共同出版社・流通責任出版社）
〒112-0005東京都文京区水道1-3-30
TEL 03-3868-3275
装丁・本文イラスト－まろ
装丁デザイン－ansyyqdesign
印刷－中央精版印刷株式会社

価格はカバーに表示されてあります。

落丁乱丁の場合はアルファポリスまでご連絡ください。

送料は小社負担でお取り替えします。


ISBN978-4-434-27504-3 C0193